紅霞後宮物語　第十二幕

雪村花菜

富士見Ｌ文庫

目次

紅霞後宮物語　第十二幕　7
あとがき　237

宸国47~51代家系図

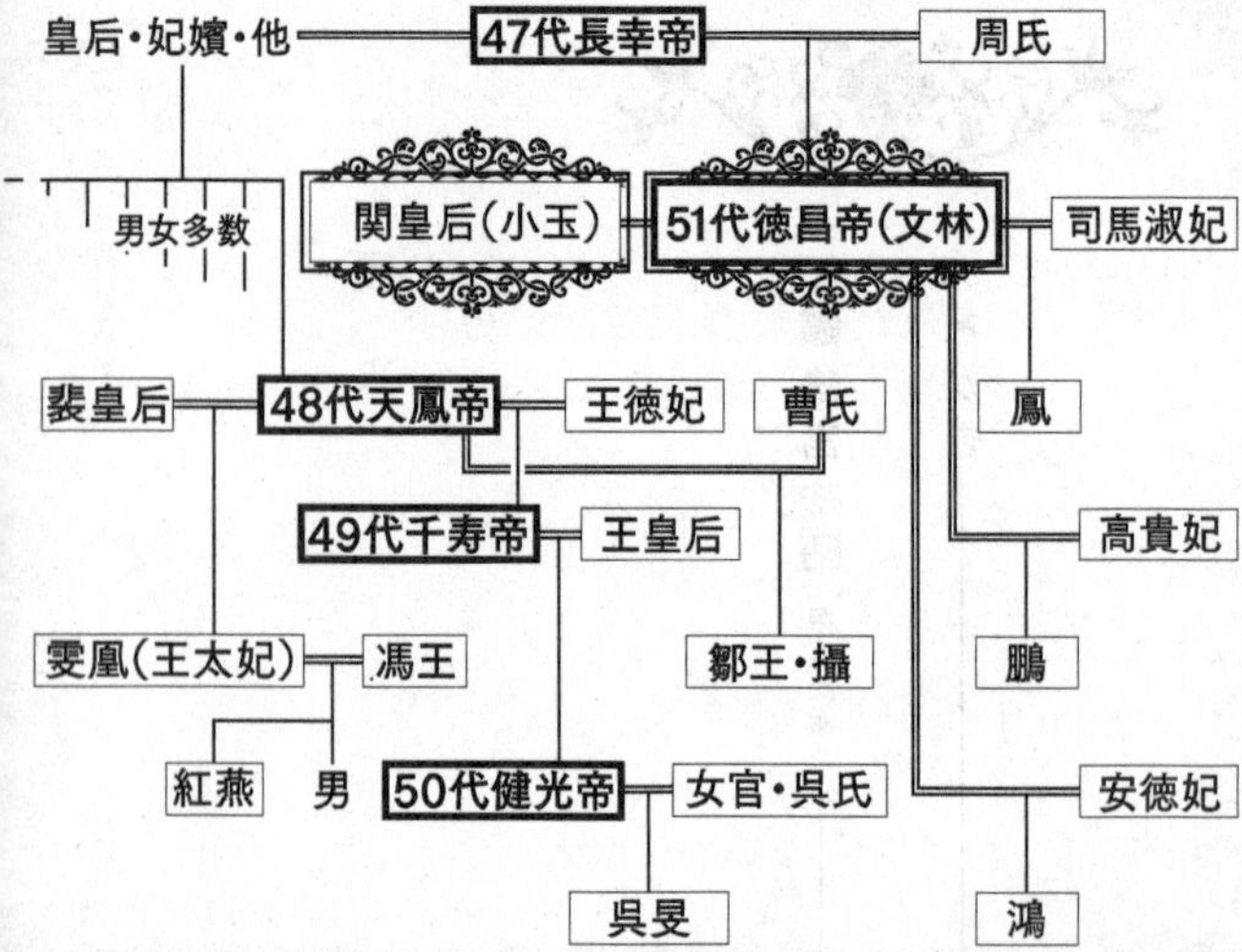

地図(中宸)

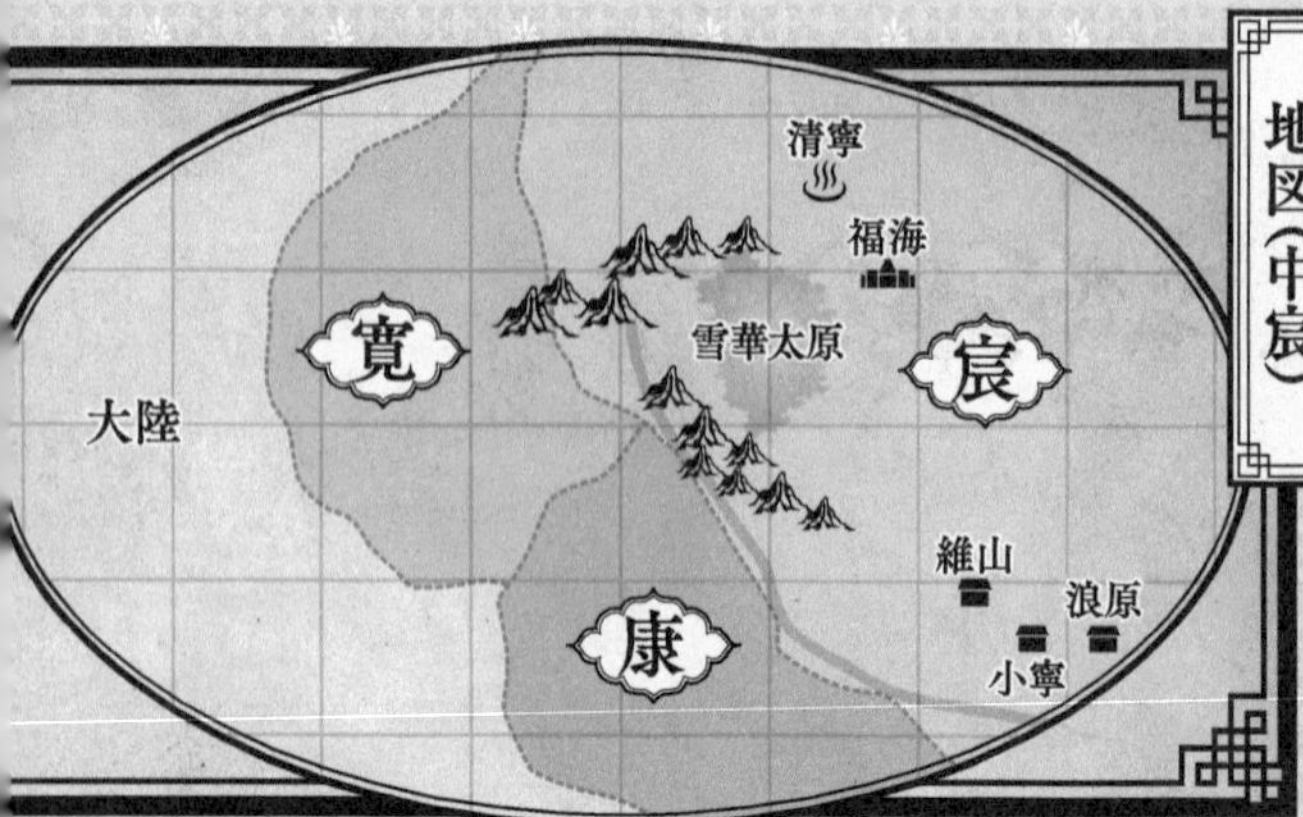

宸国妃嬪位階表

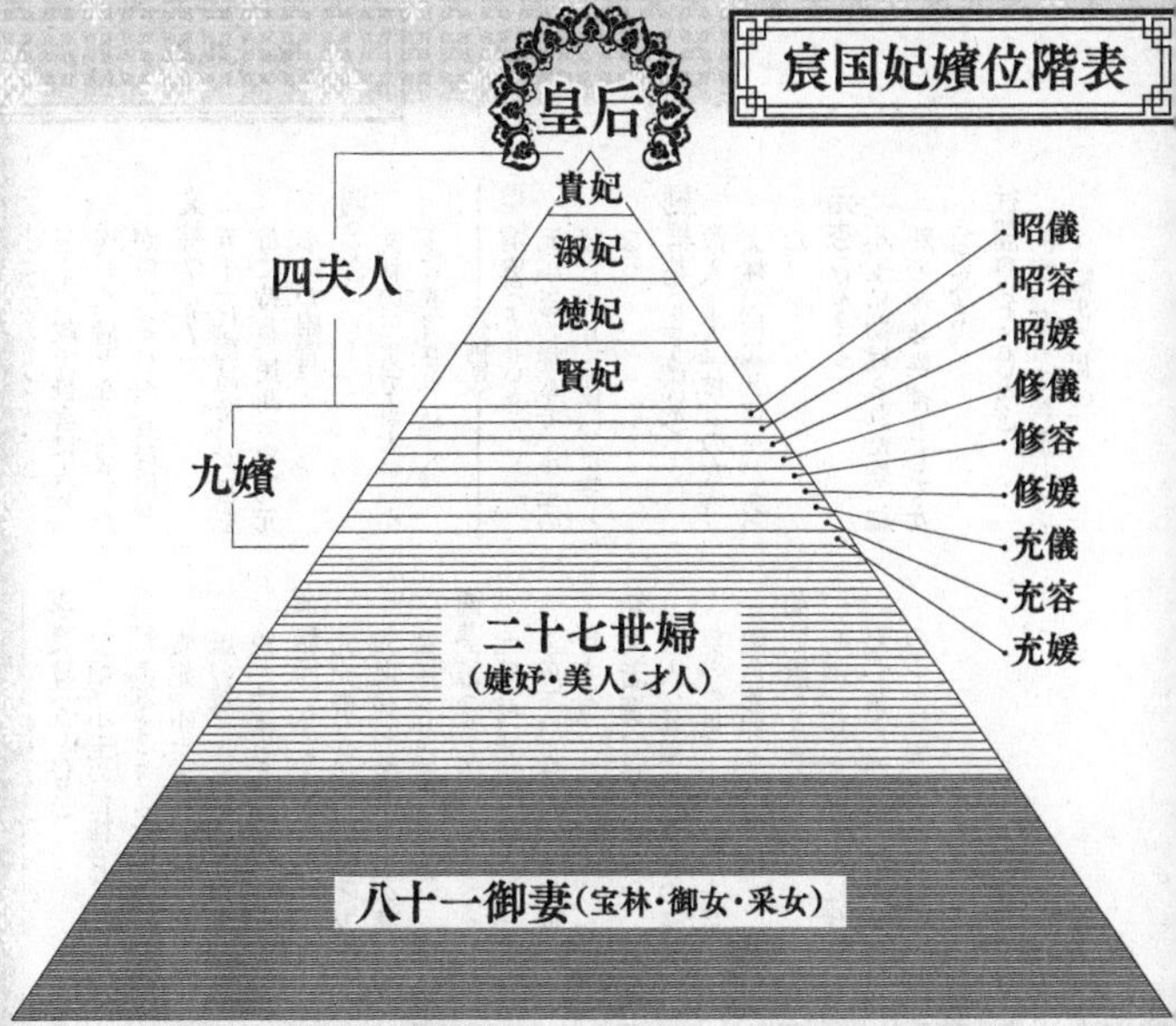

【寛国】

文化や風俗的には宸国に近い。

寛帝《かんてい》
寛国皇帝。梨后を寵愛している。

梨后《りこう》
寛国皇后。康国の現女王。

羊氏《ようし》
故人。樹華の父に横恋慕した寛国の太皇太后。

元氏《げんし》
故人。羊氏の姪。寛国の皇太后。

【康国】

女系重視の国で、近親婚も多い。

前王《ぜんおう》
梨后の叔父。

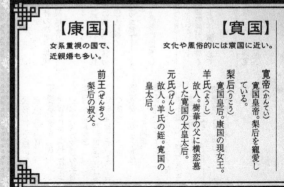

人物紹介（宸国）

関小玉(かんしょうぎょく)
三十三歳で後宮に入り、翌年皇后となった武官だが廃后される。貧農出身。

文林(ぶんりん)
五十一代徳昌帝。女官を母に持ち、民間で育つ。元小玉の副官。

鴻(こう)
文林の三男で皇太子。小玉に養育され、懐く。

《後宮》

楊清喜(ようせいき)
元小玉の従卒で、小玉の後宮入りに伴い宦官となる。

劉梅花(りゅうばいか)
故人。小玉付きの女官。文林の母親と親交があった。

元杏(げんきょう)
小玉に助けられた娘。梅花の後釜候補として女官になる。

徐麗丹(じょれいたん)
尚宮。女官を統括している。梅花の知己。

《妃嬪たち》

李真桂(りしんけい)
賢妃。小玉の信棒者。

馮紅燕(ふうこうえん)
貴妃。小玉の信棒者。雯凰の娘。王太妃譲りの美貌と性格を持つ。

薄雅媛(はくがえん)
元充儀。真桂、紅燕と友人関係を結ぶ。雯凰の養女になり後宮を出た。

衛夢華(えいむか)
元婕妤。元小玉の取りまきの一人。嫁ぐ雅媛に同行する。

司馬若青(しばじゃくせい)
故人。元淑妃。文林の長男の生母。小玉暗殺を目論み死罪となる。

茹仙娥(じょせんが)
昭儀。亡くなった姉に代わり後宮入りする。文林の子を妊娠中。

《文林の血縁》

鳳(ほう)
文林の長男。小玉の命を狙い、死罪を命じられるが生きのびる。現在は嬉児という名。

鵬(ほう)
故人。文林の次男。母親である高媛により殺害される。

祥雯凰(しょうぶんおう)
王太妃と呼ばれる三代前の皇帝の嫡女。文林の姪。亡き馮王に嫁ぐ。

《小玉の血縁》

関丙(かんへい)
小玉の甥。農業に従事している。

《軍関係者》

張明慧(ちょうめいけい)
故人。最強の筋力を誇る武官。小玉の片腕にして親友。

納蘭樹華(ならんじゅか)
故人。明慧の夫。隣国寛から亡命してきた武人。

鄭綵(ていさい)
小玉の二代目副官。王蘭英の娘。

沈賢恭(しんけんきょう)
文林付きの宦官。以前は武官として働いていた。元小玉の上官。

王蘭英(おうらんえい)
文官として文林に仕えている。元後方支援の武官。

李阿蓮(りあれん)
小玉の元同僚。現在は食堂を経営している。子だくさん。

陳叔安(ちんしゅくあん)
小玉の元同僚。

秦雪苑(しんせつえん)
皇后となった小玉の部下。崔冬麗・王千姫と共に三羽烏と呼ばれた。

《その他》

納蘭誠(ならんせい)
明慧と樹華の息子。

さっきから小玉《しょうぎょく》の脳裏では、「おかしい」と「おかしくない」が錯綜《さくそう》していて、わけわからんことになっていた。

文林《ぶんりん》は小玉に言っていた。綵《さい》に説明を任せたと。原文ママではないと思うが、そんな感じのことを言っていた。

だから綵が待機していたのは、小玉にとってまったくおかしくないことだった。

けれどももう一人、あきらかにおかしい人間がいた。単に聞いていないというだけではなく、とにかくおかしい存在が――楊清喜《ようせいき》である。

とはいえ彼の立場や背景を鑑《かんが》みれば、綵などよりもはるかにここにいてもおかしくない相手である。

今回小玉が弾劾された理由は、後宮での事件。したがって後宮で直接小玉に仕えていて、手足として動いている相手を小玉の従犯と考えるほうが自然だ。

しかも清喜が宦官《かんがん》になった頭がおかしいとしか思えない理由も、人口に膾炙《かいしゃ》するというほどではないが、知っている人間は知っているわけだから、小玉に対する忠誠心は疑いようもない。

小玉は一人の人間として、恥じるべきなのかもしれない。それほど献身的に支えてくれている清喜に対して、おかしいとか考えてしまう自らを。

けれども一人の人間として、やはりこれはおかしいと思うのだった。


清喜は女物の服を着ていた。

わりといい仕立てであるが、一昔《ひとむかし》ほど前の古くさいものだった。

ついでになぜか、大きさが清喜にぴったりだった。


最初に口から突いて出たのはうなり声だった。

「うん……いやあ……色々とわからないことがあるんだけど、いちばんわからないことは、まずあたしがなにから質問すればいいのかってことだわ」

「お気持ちお察しします」

神妙に頷《うなず》いたのは綵であった。なんで隣にいるあんたはやけに落ちつきはらってるのと、小玉は思っていたが、驚きはしたようだ。単に落ちつきを取りもどしたあとに、小玉が来たというだけなのだろう。

「でも清喜に関することについては、後回しにすればいいってことはわかる」

多分文林、または真桂《しんけい》の配慮なのであろう。

皇后の位を廃されて引っ立てられた小玉は、そのまま冷宮送りにされるかと思いきや、その手前の建物にある小部屋に入れられた。

その中に紋と清喜がいたのである。半刻《はんとき》後に迎えに来ると言われたので、その間に打ちあわせを終えなければならない。そしてその時間は、清喜の女装その他に割くにはあまりにも貴重だった。

小玉の言葉に対して、紋と清喜の反応はまったく異なった。

「ご明察です」

「えっ……僕に対して疑問を抱く余地が、いったいどこに？」

お前無自覚なのかと言いたい気持ちを、小玉はぐっとこらえる。

仮に自覚していても、「えっ、僕のことが最優先なのでは？」と言いかねない……と思ったところで、小玉は今清喜への評価がだいぶ低下していることを自覚した。彼はさすがに、そこまで場を乱す奴ではない。いつもの小玉ならそう思うはず。

だがそういう発想が出てしまったあたり、清喜の風体と小玉の精神状態のどちらもが、常の状態からかけ離れていることが窺《うかが》える。

「そうね、まずは紋のほう……あんた自身が重要だと判断した順番から、事情を説明してくれる？」

差しあたっては女二人、清喜の戸惑いを無視して話を進めることにした。

「前提として、以下に述べることは把握していますか？　私たちはこれから冷宮に送られます。そこで労働に従事することになります。今後は李賢妃《りけんぴ》の息がかかった者が私たちを支援します……まずはここまで」

ここで絲が言葉を切った。

疑問点は特にないので、小玉は一つ頷く。

「はい」

「わかった。大丈夫」

「ですから私たちは冷宮にいる間、李賢妃のことを口に出さないように特に気をつけます。相手の行動の妨げになってはならないので」

あらぬ疑いがしょっちゅう飛びかうこの宮城、ましてやこの場合はある疑いということになる。発覚防止のためには可能なかぎり注意するべきである。

「また賢妃のことだけを口に出さないのも、逆に疑われるおそれがあります。ですから他の妃嬪《ひひん》のことも、仲間内の会話では決して口に出さないよう」

しかし、そうもいかない場合も考えうる。

「合い言葉を決める？」

「はい、そうしましょう。賢妃のことは明慧《めいけい》、貴妃《きひ》のことは樹華《じゅか》、王太妃のことは夫人と。それから貴妃の義妹君《いもうとぎみ》のことは、誠《せい》と」

そういう名づけ方で来たか……と意表をつかれながら、小玉は納得するところもあった。この三人全員にとって身近な人間の名前だ。口にしやすい。

うち半分は元帝姫《ていき》と元妃嬪であって、現役の妃嬪というわけではない。だが後宮関係者であることには間違いない。雅媛《がえん》のことを話題に出す機会は少なそうだが、決めておいて損することでもないと小玉は納得した。

「なにぶん急な話だったので、仲介役は急遽《きゅうきょ》手配するそうです。したがって現段階では誰なのかわかりません。相手からの接触を待つ必要があります」

「わかった」

「続いて冷宮での振るまいについてです。幅を利かせている世話役がいるそうで、彼女にはへりくだるように」

「なるべく目立たないようにするってことね？」

「それは無理ですね。皇后が罪を得て送られてくるなんて、目に入る前から目立ってもんですよ」

無視されていた清喜がここで混ぜっかえす。しかしそれは言葉のうえだけのことで、顔は呆《あき》れかえった様子だった。

そして実際、彼の言ったとおりだった。

「可能なかぎり、待遇をよくしてもらうんですよ。ここで僕たちは、圧倒的に弱者なんですから。そしてここにいる人間は、弱者にはいくらでも残虐に振るまえるようになる場所なんです。そういう人でなくても、そうなるような場所なんです。そして閣下には弱みがいくつもある……特に相手が下種《げす》なら、自尊心を満足させるという意味でも下手に出るべきです。ついさっきまで国でもっとも高貴な女性をかしずかせるなんて、その類《たぐい》の人間にとっては最高の快感でしょう」

清喜の物言いはあまりにも露骨であったが、絲が特に抗議することはなかった。

「そんなことはできない」と言うほど、素の小玉は誇り高い人間ではない。皇后という立場であったからこそ守るべきものはたくさんあったが、そうでないぶんかえって身軽ではあった。

それでも頭をがんと殴られた気持ちになったのは、素のままの自分がとてつもなく弱いという事実を突きつけられたからだ。そう、今の自分は弱者だ。

確かにかつての自分も弱者だった。けれども今の自分の弱さは、単に身体が脆弱《ぜいじゃく》というだけでない。

自分のせいで傷つけるわけにはいかない人間がいる。

それは昔からそうだったが、あのころは距離と、そして小玉が取るに足らない存在であるからこその、強固な守りがあった。

絖がことさらに明るい声を出す。

「暗い話だけではいけませんね。明るい話題も一つ。武国子監《ぶこくしかん》については、先日権限が廃后から兵部《ひょうぶ》に委譲されています」

「ああ、それね」

それは先日伝えられていた。それも皇帝からの示達と、朝廷からの上啓との二方向で。

知らされたとき、少なからず気落ちしたものである。

そういえば後者の連絡は、かなりへりくだった文面だった。離宮送りになった皇后に追いいうちをかけるように、権能を剝奪《はくだつ》するということになるのだから。彼らにとって気は遣って減るものではないし、減ったとしてもそれ以上に得るところの多いものでもある。

「それ明るい話かな……」

――そうか、あれもう手続き終わってたのか……でも……。

聞いたところで、あの日の気落ちがよみがえるだけであったが。

「明るいですよ。おかげで廃后と共倒れにならずにすみました」

「えっ、そうなの？」

小玉はむしろ、それだけで共倒れにならずにすんだことのほうに驚く。

「そうです。そのあたりの事情を盾にして、母がいい仕事をしましたので。それも、特に縮小されることもなく存続されるんです。感謝してください」

綵はものすごく自慢げな顔だった。小玉はふと思った。あまり顔の筋肉が動かない彼女の表情を読めるようになって久しいため気づかなかったが、最近の彼女は実際に表情が豊かになっている気がする。あくまで以前に比べて、だが。

とまあ、それはそれとして小玉は綵に素直に従う。

「するわ……さすが蘭英《らんえい》さんだわ。ありがとう」

「もっと言ってください」

「才能のかたまり」

綵は満足げに頷いた。

「今度母に会ったときに、本人にも言ってくださいね」

「絶対言う。今のに追加して言う。その日のために、讃《たた》える言葉練ることにするから、相談にのってね」

「もちろんですよ。よい心がけです」

言うまでもないので、誰も言わない。

無事に会えればの話であることを。

ある程度の打ちあわせが終わったものの、まだ誰も呼びに来る気配がなかった。

だから小玉はようやく、後回しにしていたあの話題を口にした。

「ところであんたどこからそんな服持ってきたの？　なんか最近のものとも思えないけど」

「そう、それ」と言いたげに綵も頷いているので、彼女もまだ聞いていないらしい。もしかしたら彼女も、清喜との打ちあわせを優先したからなのかもしれない。

「え、覚えてないんですか？」

清喜が目を見開く。ここで疑問に疑問で返されるとは思わなかった。

「え、もしかしてこれ、あたしがあげたの？」

覚えがない。急いで記憶をたどろうとする小玉に、清喜が一言。

「復卿《ふくけい》さんの形見ですよ」

「……」

「え、女装癖だったという？」

かつての部下の名前を出された小玉は意表を突かれ、会ったことのない綵はひどい覚え方をしていたという事実を露呈した。

ただ綵を弁護すれば、誰に復卿を語らせたとしても清喜以外はまず女装のことを出すので、彼女がそう覚えたのは自然なことではある。

だから真《しん》にひどいのは彼女に復卿のことを語った人間（小玉含む）であり、ひいては周囲にそういう語らせ方をするような黄《こう》復卿本人の生きざまが、よりひどいといえる。故人に対してえらい言いようではあるが。

復卿は、ふた昔ほど前に小玉の部下であった男である。

女上官と関係を持っているという噂《うわさ》を払拭《ふっしょく》するために女装を始めたら癖になってしまったという、なんとなく筋は通っているのにどこかおかしな事情持ちだった。

そんな彼が小玉を先に逃して戦死した際、当然その女物の衣服が遺《のこ》され、恋人であった清喜が形見として引きとった。

──今もあったのか……。

そんなことを思ってしまう。

清喜が形見を捨てるとは思っているわけではないが、けれども目前にした今、小玉は戸惑いを覚えていた。

この気持ちをなんといえばいいのだろう。

復卿が死に、清喜が引き取り、小玉にとってその服の物語はそれで断絶したものだった。その物語に今、未来が発生しているという事実に気持ちがついていかない。

よほど大切に保管されてきたのであろう……服があまりにもきれいに、あのときのままここにあるからなおさら。

これは過去と未来という違いはあるが、親に対する気持ちに似ているかもしれない。自分にとって親というのは、自分が生まれた時からずっと親で、過去に親ではない時期があったことを知っていても実感が湧きづらい……そんな感じ。

感傷めいた気持ちで清喜が着る服を眺める小玉に、清喜が言う。

「この服、特に詰めることもなく着られちゃったんです。当たり前ですよね、僕も復卿さんより年上になっちゃったんですから」

「そうね……」

「その僕が今、復卿さんの着ていた服を着ている……ちょっと滾《たぎ》る事実ですよね」

そう言って我が身をきゅっと抱きしめる清喜に、女二人の声が重なった。

「表現がいかがわしいなあ」

「言い方さえ考えたら、しんみり来る場面でしたよここ」

台なしである。

「それで、どうして着てるのかってことは聞いてくれないんですか？　僕さっきから待ってたんです」

ここで素直に言ってしまうところが清喜の楽なところであり、面倒くさいところでもある。矛盾しているようで矛盾していないのだから、人間というのは実に難しい存在である。

「あっはい。どうして着てるの？」

「よくぞ聞いてくれました」

緑も把握していなかったということは、二重に話を後回しにされた(疑惑がある)せいか、ようやく話題になったと言わんばかりに、清喜は意気揚々としている。

「宦官《かんがん》とはいえ、やはり男女では拘束される場所が違うので、娘子《じょうし》との接触が減らないようにするため女性になることにしました」

「あー……はい、そう、そうなの……」

なるほど、確かに女装した事情はなんとなく筋が通っている。

そういうところ、お前の亡き恋人にそっくりだよと小玉は思った。

一緒に暮らしているうちに、夫婦は似るものだという。恋人同士も相手がいなくても長く想いつづけていれば、似るものなのだろうか。

思えば復卿が小玉の愛人だという噂を払拭するために、女装に目覚めたことにしたあたりの事情も、ふんわりと筋が通っていた。ところが今の清喜の言い分に似ている。あれは吹けば飛ぶほどというより、明慧が蹴《け》れば飛ぶような事情ではあったし、実際蹴り飛ばされていたのが懐かしい。

かつての仲間をもう一人思いだし、小玉は胸がぐっと締めつけられるような思いになった。……が、少なくとも明慧のほうは、そんな思い出で自分を懐かしんでほしいとは思わないだろう。

それどころか思いだしたことを怒るかもしれない。ごめんなさい。

清喜に対してどう返すのが正解なのかはわからない。けれども、いや無理だろという気持ちだけははっきりとしている。そんな気持ちが、歯からなけなしの衣《きぬ》をはぎとる。

「なる……なろうとしたの、ね」

「なりきれてはいませんね」

綵も小玉と同様の状態だったらしい。

しかし清喜は自信満々だった。

「そんなことないですよ！」

「いやあんた、どうやったって男だよ。声とか……」

これで幼少期に去勢された宦官であれば、成人しても高い声を保つため、少なくともそこはなんとかごまかせるかもしれない。だがあいにく彼が去勢したのは、成人してからの話である。そこまで太い声ではないが、どう聞いても男の声である。

ただ幼少期に宦官になった者は背が高く、手足も長い傾向があるので、それに比べれば小柄な清喜は見た目ならなんとか……いや、そういう視点でも無理がある。

「声ならご心配なく。僕、声が出せないってことで通そうと思ってますから」

「ふつうそこ、高い声でごまかすところから始めません？」

綵の疑問は正しい。けれども小玉は思い当たることがあったので、そちらについて指摘するほうを選んだ。

「あんたなに杏《きょう》みたいなこと言ってるの」

「そうです。杏さんから設定をお借りしました」

清喜はしれっと言う。

「設定って……あんたそれ、杏に言ってないでしょうね」

「言いましたよ。しばらく設定借りますねって」

「馬鹿！」

さすがに小玉は声を荒らげた。

杏の声のことは、本人にとっては人生にのしかかった重石《おもし》のはずである。厳密にいえば現在の杏は声を出せないわけではない。頼もしい見た目からもわかるように栄養もしっかりとって、きちんと薬も服用しているため話そうと思えば話せる。

しかし喉《のど》に負担がかからないわけではなく、また本人は自分のかすれた声を聞きぐるしいと感じているらしく、後宮で声を出すことはめったにない。そのせいで、杏の回復事情を知る者も数名しかいない。

その数名のうちの一人であるくらい杏に近い立場の清喜が、よりによってこんなことをするとは……。

「なんで杏に言うの！」

「本人に言わないのに、こんなところで言うだけだったら、ただの陰口じゃないですか」

「本人に言うなら、ただの失言ですよ」

綵の言うとおりである。

「杏、怒ってなかった？」

怒っているならまだしも、杏が傷ついていたら、こいつ許さないという思いで尋ねると、清喜はなぜか遠い目をする。

「特に怒られてはないですが、対価ということで五発くらい尻《しり》を引っ叩《ぱた》かれました。痛かった……」

「それ怒ってるって言うのよ。あとなに軟弱なこと言ってるの」

清喜も馬に乗る身なので、尻もなんやかんやで鍛えているはずである。

しかし清喜は往生際悪く抗弁する。

「だって靴ですぱんすぱん叩《たた》かれたんですよ」

確かにそれは痛そうであるが……小玉はこの件について、同情することはない。

「それくらいは甘んじて受けるべきよ」

それにしても、杏もなかなかしたたかである。本人が本人なりに清喜にきちんとけじめをつけているというなら、清喜の無神経さについてはひとまず置いておくか……と小玉は思った。

だってその「設定」を借りたところで、それが通用するとも思えないので。

「それにしても不思議ですよね、閣下って」

「え、あたし？」

つい今しがた謎が一つなんとか解消したのに、もう一つ謎が発生してしまった。

「なんでいきなり閣下になった？」

「だって今の閣下、もう皇后じゃないですから」

そんなことは小玉にもわかっている。小玉が尋ねているのはあくまで、「娘子」と呼ばれない理由ではなく、「閣下」と呼ばれる理由である。

「あたしもう、散官ですらないから、閣下って呼ばれる立場でもないよ」

今の小玉は、皇后になったあとも保持していた名目上の将軍位も剝奪《はくだつ》されている、正真正銘の無位無官の身だ。

「それはわかってますけど……ほら、『閣下』っていうのはあだ名ですから」

「あだ名ってあんた……」

でもそういえばこいつ、昔もこんなこと言ってたな……と小玉は思いおこす。

たしかあれは小玉が母の喪に服すため、故郷に帰っていたころのことだ。なぜか押しかけてきた清喜は、その当時立場的にはそう呼ばれるべきではない小玉のことを、一貫して「閣下」と呼びつづけていたし、尋ねた小玉に対して堂々と答えていた。

ところでその時の清喜は「閣下」という呼称を「あだ名みたいなもの」と言っていたのを、今この場ではしれっと「あだ名」そのものにしてしまっている。

だがなにぶん十年以上も前のこと、小玉はぜんぜん気づいていなかった。

大したことでもない当時の会話をつぶさに覚えているわけもなく、なんとなく「こんなこと話してたなあ」くらいの印象しか記憶に残っていなかったもので。

「まあいいわ。それであたしのなにが不思議だって？」

「服のことなんて興味ありませんって感じだったのに、なんだかんだで流行遅れだなっていうのはわかるんだなって」

「ん？　ん？　今あたし、目の前で悪口言われてる？」

自分も靴ですぱんすぱん尻を叩いてやろうかと、小玉は思った。ちょうどいいことに、今履いている靴は絹張りの繊細なものではなく、頼もしいくらい頑丈そうなものである。尻を叩くのに、これほど適した靴はない。

「いやいや、そういうわけでは」

「実は私も、似たこと思ってました」

同志を見つけた！　みたいな顔で、綵に言われてしまった。

「私もそんなに服飾に詳しいわけではないのですが、それでも見たら『古くさいな』とか思ってしまったんですよ。なんだかこの感覚、とても不思議です」

だが対象は小玉ではなく綵自身のことだったので、彼女に対しては悪口を言われた感じはしなかった。

「ああ、それならわかる」

むしろ同意してしまう。言い方って大事。

「こういうのってなんだかんだで、いつの間に頭に刷りこまれるものなのかね」

今、小玉はこんなことを話している場合ではない。

けれども牢《ろう》に押しこめられていた小玉は、ずいぶんと心にささくれを生じていて、いつもの面子《メンツ》とのどうしようもない会話に少しだけ心を慰撫《いぶ》されていた。

そんな己を、小玉本人も自覚していた。

「これでいっそ、ものすごく昔のものだったり、明らかに外《と》つ国のものだったりしたら、かえって『素敵！』とか思えるんですよね」

「わかる……」

半端に身近なものは、醒《さ》めた目で見られる可能性を常に背負っているものなのか。

「最近はもてはやされる男性の趣味も変わってきますね。今は凜々《りり》しくて、ちょっとたくましい男性が流行です」

じゃあ文林みたいなのは流行から外れてきたのか……と、小玉はなんとなく遠い目をした。小玉の感覚では、今も美貌《びぼう》の持ち主であるのだが。

とはいえ彼ももういい歳だ。今の流行から外れていても、流行を作る若者たちとは、そんなに接点もないし特に問題ないだろう。

思えば彼は、美貌の絶頂期に流行ど真ん中を生きていただけでも、充分希有《けう》な存在である……希有ではあっても幸せな存在だとは、さすがに小玉も思えない。

むしろその時期に流行からちょっとずれていたくらいのほうが、本人は絶対幸せになれていたところまである。

綵がちょっと間をおいて言いそえる。

「……私の元夫《もとおっと》みたいな」

「へー……ん？」

確かに綵の結婚相手の温青峰《おんせいほう》は、まさにそういう人間であったが、そこに納得するどころではなかった。

「待って！　今ものすごい問題発言！」

文林の顔のことが一瞬で吹きとんだ。

夫、夫、それに元がつく。それってつまり……。

「あ、言う機会なかったですね。離縁しました」

清喜もさすがに焦った顔になる。

「えっ、僕と会ったことが、浮気と誤解されちゃったんですか!?」

そして聞きずてならないことを口走りやがった。

「どういう状況!?」

「――時間だ」

しかし、ここで迎えが来てしまった。

思えば身を最下層に落とし、労役に従事するという人間たちであると思えば、あまりにもらしからぬ会話であった。

だが最後の最後で生じた緊張感だけは、原因はどうあれこの状況にふさわしいものであった。

※

冷宮――永巷《えいこう》ともいう。
元は罪を犯した妃嬪《ひひん》を拘留《こうりゅう》する監獄がそう呼ばれていたが、時代によって解釈は異なる。現在はもっぱら後宮で働く奴婢《ぬひ》の住まう場所のことを指す。

以前（といっても百年以上は前）は、掖庭殿《えきていでん》という場所にあった。その際に「掖庭」と呼ばれていた呼称が今でも残っており、今もそう呼ぶこともある。

ついでにいえば、「永巷」とか「掖庭」と呼んで、単純に後宮を指すこともあるのでややこしい。

さらに、皇后が賜ることが多い理由でというだけで、後宮内の一宮殿でしかない「紅霞《こうか》宮《きゅう》」という名を以《もっ》て後宮全体を指すこともあるという事実を付けくわえると、事態はより一層混迷を極める。

基本的に内輪でまとまっているこの業界、こういう呼称のややこしさが発生することは非常に多い。

宮城内でのみ皇帝を「大家《たいか》」と、皇后を「娘子《じょうし》」と呼ぶのも、元は宦官《かんがん》がそう呼んでいたのが周囲にも定着してしまったものである。宮城における宦官の影響力の強さもわかる。

多分、後の時代の人が勉強するとき、すごく困るはずである。今を生きている小玉にとっても、わりとややこしい。

なにより、冷宮のこと自体よくわかっていない。

錯綜《さくそう》する語義の中、冷宮が後宮関係の場所であることだけはわかるとおり、この場所の管轄は一応後宮である。

しかし皇后だった小玉にとっては、未知に近い場所だった。けれどもこれは小玉が不勉強だからというわけでもなく、妃嬪全般に当てはまることだ。

小玉が知っていることは、表層的な情報である。罪を犯した妃嬪や宮女、身内が罪を得て連座した女子どもが働く場所。

あと知っていることは、梅花《ばいか》が一時ここに収容されたことがあるということ。これは本人から、昔語りでちらりと聞いた。

それくらいだ。

かなり前のことだが、文林の出会いを期待して、人員整理の際に宮女たちを次々と文林に拝謁させたことがある。謝月枝《しゃげつし》が一時的な寵姫《ちょうき》になったときの話だ。

だがその際も、ここで働く者たちは除外している。それくらい「別格」な場所であった。

ここは後宮であり、後宮でない場所だ。

そんな異質な場所に、女装して突入するという蛮勇を発揮した清喜だったが、すぐに見破られた。

いや……「見破る」という表現をすると、清喜の女装への評価が高すぎることになってしまう。なんせ小玉たちを冷宮に連行した宦官が、「それじゃあお前はこちらだ」と、ごく自然な動作で清喜を他のところに連れていってしまったのだから、これはもう見破る以前の問題。

「あれ？　あれ？」

宦官が女装について特に疑問を持っていないそぶりだったこと以外は、小玉と綵にとってなにも不思議なところがない。

しかし清喜にとっては本当に意外なことだったらしく、声が出ないという「設定」を完全に失念したまま、去っていった。

当たり前すぎて、小玉と綵ははらはらすることもなかった。

ただ、どこに連れていかれたかということ自体は、早い段階で把握しておきたいと思った。

なお清喜を連行した宦官が清喜の女装を特に気にしなかったのは、零落した廃后の腹心が衣服を奪われたあげく、「男でないもの」として古くさい女物の服を着ることを強要されたのだ……と判断したからであった。

発想としてはかなりえげつないが、足の引っぱりあいはお互いへの時候の挨拶《あいさつ》くらいとしか考えていない者が多い宦官にとっては、ごく自然なことである。

ただ差別されることと、劣等感を抱くことがままある彼らは、「宦官」という属性そのものにかかわる侮辱に関しては、結託することがままある。この宦官もその例に漏れず、清喜の女装について宦官そのものを侮辱された気になり、清喜に対して同情心を抱いていた。

真相が真相なだけに、まことに無駄な同情心である。

また仮に彼の思ったとおりの状況だったとしても、清喜はそれで落ちこむどころか「復卿さんとちょっと状況似てるかも……」と勝手にときめく輩《やから》なので、やはり同情するだけ損な相手である。なお、そこまで状況は似ていない。

実をいうと清喜は、紅霞宮以外に勤める宦官たちからは、遠巻きにされることが多い。しかしそういう者たちも、清喜の女装を目にして同情してしまったため、清喜がまったく意図していない理由で、彼の女装は小玉たちに都合のよい効果を与えていた。

それが功を奏すのは、もう少し後のことである。

※

小玉と綵は、連れていかれた先で、世話役だという毛《もう》という女性に引きあわされた。会ってすぐ頭を下げたので、姿をしっかり見たわけではない。けれどもちらっと見たところ、五十代のように思えた。

実際のところはどうなのだろう。環境が劣悪だと外見は早く老いるものだから、もしかしたらこの毛氏は小玉より年下なのかもしれない。

下げた頭をじっと眺められているのを察しつつ、小玉は顔を伏せたままでいた。

反骨心……十歳若ければそんなものを抱いて、頭を上げて真っ向から相手を見据えたかもしれない。

けれどもそれがなんになる？

自分の損にしかならない。

今や小玉は皇后ではない。だから「皇后」という立場のために気を張る必要はない。たとえ小玉と小玉の大事な人間がひどい目にあわされようと、矜持《きょうじ》を守って立ちむかってほしいという人間は……いるのだろう。

それを理解できる程度には、自分が夢を抱かれる存在であったことを、小玉は目の当たりにしていた。

でもそれは、小玉を大事にしているのではなく、その人が胸に抱いている理想を大事にしていて、それを崩したくないだけだ。それは結局、その人が自分自身を大事にしているということに他ならない。それ自体はおおいにけっこうなことだ。

誰かが自分自身を大事にすることを、小玉が否定できる立場ではない。なぜなら小玉も自分を大事にするからだ。だから今、こうして恭順の姿勢を示している。

余裕があれば、誰かが誰か本人を大事にするための夢に乗っかってあげられるが、もちろん今はそれどころではなかった。

――文林はどうなんだろう。

小玉はふと思った。

かつての文林は、多分そういう人間だった。けれども今は違う、気がする。

さて、つい先日までの皇后に頭を下げられている毛氏がどう動いたか。

嗜虐《しぎゃく》的な笑みを小玉たちに向けたか。

もしくは率直に暴力を仕掛けたか。

「ああ、話は聞いてるわ。これからあんたたちは、万《ばん》さんの指示で動きなさい。仕事は基本的に雑用ね。洗濯とか」

……どっちでもなかった。

彼女は実に、実に淡々と、けれどもうっすらと「急に新人が入ってきたわ。はーめんどくさい」というかったるさを滲《にじ》ませながら、事務的なことだけ述べた。

しかも直々に指示するようでもなく、完全に下っ端に対する扱い。

「あ、はい……」

「それで万さん、は……あー、ここ出て右行ったところに厠《かわや》あるんだけど、その先左行けば洗い場あるから」

特に案内してくれるわけでもないらしい。

「あ、はい……」

紋切り型の返事しかしない小玉を意に介さず、小玉たちはさっさと追いだされてしまった。他にも色んなこと……たとえばどこで寝起きすればいいんだとか、あるいは食事はどこで出されるんだとか、遵守しなくちゃいけない決まりごとはなんなのかとかは、なにも教えられなかった。

いや……たった一つだけ、教えてもらったことがある。

「厠の位置は知れたね」

「そうですね。大事な情報ですね」

小玉も絲も従軍したことのある身なので、屋外での排泄《はいせつ》に抵抗はまったくない。だが可能なかぎり避けたいとも思っている。それは羞恥心《しゅうちしん》によるものではなく、衛生面に対する危機感によるものだ。

従軍中は排泄物から発生する病気に気をつかわなければならず、しかも二人とも管理する立場にいたため、なおさらその意識は強い。

これは汚い話だろうか？

しかしどこにいようと人間に付きまとうのが、老若男女問わず寝食と排泄である。そのうちの三分の一が解決したのは、わりと大きい。

三分の二が解決していないことは、更に大きいけれど、得られなかったものより、得られたものを見よう。

「なんか思ってたのと違ったね……」

もっと積極的にいたぶられると思っていたが、完全に「特に希望してないのに、使えなそうな新人が来ちゃった」という反応のそれだった。

絆はものすごく深刻な顔で言った。

「どうやら私は、小説を読みすぎたようです」

「そうかな……」

小玉も虐げられる覚悟でいたが、それが小説に影響されての思考ではないはずなので、ここで絆がそんなに深刻になる必要はないと思う。

そんなふうに小玉がやんわりと自分の意見を述べるも、絆はやおら握った右手をぐいと胸に押しあてる。

「この歳になって、現実と物語の境目が曖昧《あいまい》だった自分に気づくのって、こんなにも胸が痛いものなんですね」

言いきってから絆は、「うう」と呻《うめ》き声をあげた。ほんとうに胸が痛そうだ。これはそうとう打ちひしがれている。

小玉はちょっと話を変えることにした。

「なんで今回、あんたがあたしについてくることになったの？」

まさか絆と早々に二人きりになれるとは思わなかったから、聞いておきたいと思ったことを今聞けることはありがたい。

絖はあっけらかんと答えた。

「軍部からも、責任をとる人間を出したほうがよかったので」

「それは……でも、絶対じゃないでしょ。清喜もいるし」

実際のところ清喜は軍属からは完全に離れていて、戦場においては「皇后の付き人」という立場で参加している。だから寛《かん》・康《こう》との戦いにおいて、清喜を外して留守番を頼むということがあっさりできたのである。

とはいえ名目上の立場はともかくとして、清喜の実態が小玉と軍の両方に関係の深い人物であるのは間違いない。

「今のあんたは、あたしに対してそこまで身を捧《ささ》げるって感じじゃないでしょ」

先日小玉に対してきっつい物言いをしたことを鑑《かんが》みるに、絖による小玉の人間性に対する評価はだいぶ低い。能力的な評価については別だと思いたいが。

絖は怪訝《けげん》な顔を向ける。

「元より、関《かん》さん本人に身を捧げるって感じじゃなかったと思うんですが……」

それもそうだ。

そしてあんたのほうは「関さん」と呼ぶことにしたのか……と思いつつ、清喜の「閣下」と違って、納得しかなかった。確かに他に呼びようがない。

「あんた派閥っていうか……人間同士の粘っこい関係嫌いだもんね」

綵は上司の人間性に惚《ほ》れこんでどうこう……という人間ではない。上官に忠実であるが、職務に忠実であるからこそ、という感じなのが鄭《てい》綵という人物だ。

清喜とは一線を画しているといえるが、思えばそんな二人の仲がよいというのも面白い話である。清喜が小玉の人間性に惚れこんでいるかといえば、ちょっと違う気もするが。

「確かにだいっきらいですけど、かといって完全に拒絶できてるわけじゃないんで、偉そうなことは言いませんよ」

なかなか自分のことをわかっているご発言である。

確かに軍という人間関係のかたまりみたいなところに入ろうとした時点で、綵は自己矛盾を抱えている。しかも小玉みたいによくも悪くも目立つうえに、皇后なんていうへんに実権を持ってしまう立場になった人間の下に居つづけているのだからなおさらだ。

でもそういう性質を持っていて、そして自覚していてなお、小玉の下に居つづけてくれたのは、半分弱は小玉自身への評価だとか敬意とかによるものだと、小玉は自負している。

なお半分強は、小玉が母の知己だからという理由なのは間違いない。

そのへん小玉は、蘭英に勝とうなんて思わない。

「今回私が事ここに至った動機は、別件で困っている母の手助けがしたいという理由が半分強です」

「え、蘭英さん絡んでたの……?」

そしてその事情が全体の半分強ってことは、仮に小玉のためにどうこうという理由があったとしても、確実に蘭英より下。

——ぶれないな……。

でも納得はできたので、なんだか安心はした。疑うというわけではないが、動機がわからない人間を身近に置くのは、こういう非常事態では避けたい。たとえ旧来の部下であっても。

さて、今回小玉が弾劾されるにあたって軍部で争点となったのは、誰が協力した——協力したことにする——かであった。

小玉の影響力は、軍部にも及ぶとされている。実際のところは、周囲に思われているより小玉の力が及ぶ範囲は狭いのだが、問題はその「周囲に思われている」範囲であった。

したがって軍部関係者からも少なくとも一人は、責任者を出さなければならない。

「沈《しん》閣下はどうしても残すべき人材だと考えましたので、私が立候補しました。それが動機の四分の一くらいです」

絲は、離宮において小玉が伴った部下の中で、もっとも地位が高かった。そして小玉が巫蠱《ふこ》に手を出したのは離宮滞在中とされる。したがって管理不行き届きという点でも、絲が選ばれるのは妥当だったので、絲自身の動機と一致していなくても選ばれていたはずではある。

「あたしのせい……」

「この件については、娘子《じょうし》だけのせいではありませんよ」

完全には否定しないので、慰めているわけではなさそうである。

小玉はそれに気分を害するような人間ではないし、それに小玉だって「それでよかった」と自分本位な理由で思っている。

賢恭《けんきょう》は今、文林がもっとも頼みにする人間だ。自分の巻きぞえでここに連れてくるわけにはいかない。

だから絲が、絲本位の理由を語ってくれて本当に安心した。

「先日、兵部の尚書《しょうしょ》が新しい方になりましたよね。その方に反発する勢力が母を担ぎあげようとする動きがあって……母はそんなつもりなくて新尚書と仲いいんですけどね。でも立場的に拮抗《きっこう》するので、そうしたい連中のちょうどいい旗頭として目をつけられているんです」

それがこの件とどうつながるかはわからなかったが、綵本位というか、母本位といったほうがいいかもしれないと小玉は思う。

「蘭英さんたいへんね……？」

「あ、よくわかってないですね？」

「察しがよくて助かる」

ここはやはり、長く副官をやってくれただけはある。

綵は少し考えてから、再び口を開いた。

「手っとりばやく母の価値を下げようと思ったんです。娘が廃后の巻きぞえを食らったってことになったら、旗頭にするには問題がある程度の傷がつきます」

「…………」

小玉は絶句した。

「それ……」

「母の今後の出世には多少影響が出そうですが、母は別に位人臣を極めたいというのではなくて、やりがいのある仕事をしたいという人なので、まあそこは問題ないかと。新尚書も、母のことを重用してくれてるみたいですし」

「ううんそこは問題にしてない」

そして蘭英の出世欲については、小玉も同意見である。

「え、本当にそういう事情……？」

「そうですよ。あ、婚家と離縁したのはそれが理由です。迷惑かけないように」

「……蘭英さんに、ちゃんと承諾とった？」

「きちんと事後に承諾を。手紙を残しているので」

それは実質、無断という。

「蘭英さん……蘭英さん……」

小玉は蘭英の心を慮《おもんぱか》って、なんだか泣きそうになった。

多分ある日家族が失踪《しっそう》して、「旅に出ます。捜さないでください」という置き手紙のみ残された人みたいな心境になっているに違いない。

「あ、そういえば関さん……」

綵が不意に深刻そうな顔になった。今語ったことより深刻なことはないと、小玉は思うのだが……。

「本当にやってないんですよね、呪い」

「やってないよぉ⁉」

小玉の声は思いっきりひっくり返った。

ひっくり返ったのは、もちろんやましいところがあるからではない。

さすがに「それでも彼女はやっていない」と信じてくれたうえで、綵が巻きぞえを食らったと思っていたもので。

これは小玉、思っていた以上に信用されていなかった。

なお綵の動機の残り四分の一くらいについて、小玉は聞けずじまいであった。

※

――自分の先見の明が怖い。

後宮にて真桂はそんなことを考えていた。ただの自画自賛であること、もちろん自覚している。

しかし同時に、自分の準備したそれがいつごろ活用されるのかまで見とおしていてほしかったなと、自分の能力に対して更なる要求をしてしまってもいる。

「賢妃さま、お目覚めになりましたか」

「ええ」

寝台脇に控えた腹心の細鈴《さいりん》に、真桂は答えて身を起こした。

「わたくし、どれくらい休んだ？」

「半刻《はんとき》ほどです」

頭をもたげた拍子に、ほつれた髪が頬にかかる。それを指で押さえながら、真桂は特に意味もなく深く息を吐いた。

「そう……わりと寝たわね」

夜の休息なら圧倒的に足りないが、真桂が今寝ていたのはただの午睡である。

肩入れしていた皇后がえらい目にあっているというのに、いいご身分である……そんなことを、他の妃嬪《ひひん》に当てこすられることもあるが、真桂は意に介さなかった。むしろ真桂は、自分の生活を見せつけるようにしていたところまである。

よって傍目《はため》にも不自然ではない程度には、ちゃんと悠々自適に見えているということがわかって、ありがたいくらいである。こういうのは自分ではわかりにくいうえに、探りを入れるのも二の足を踏むものだから。

憔悴《しょうすい》することで廃后・関氏を助けられるなら、数日の断食くらいはしてやるが、今はそんな状況ではない。

今の真桂がやるべきことは、起きているあいだ常に頭を最善の状態で働かせるようにすることだ。そのために睡眠・食事・適度な運動について、真桂は常よりも気を使っていた。

おかげで最近、お肌の調子だけがすこぶるいい……心労のせいか胃腸の調子は少し悪いのだが、こればっかりは仕方がない。

真桂がのんびりした様子で過ごすことは、茹昭儀《じょしょうぎ》たちの目をごまかす効果がある……多分。あくまで多分。

慎重な彼女が、真桂への警戒を完全に解くことはないだろうから、期待だけしておく。過信するだけ無駄である。

「弟君からの御文が届いております」

「開けてちょうだい」

「はい」

細鈴は細長い箱を目の前に持ってきた。三本の紐《ひも》を巻かれ、結び目に固まった蠟《ろう》がくっついている。細鈴は小刀を出し、真桂によく見えるように紐を切ると蠟の部分を真桂に手渡した。

真桂は蠟に押された印が間違いなく弟のものか確認すると、細鈴に蠟を渡す。

細鈴は頷《うなず》いて、箱を開けると、紙の筒を取りだした。

また三本の紐が巻かれ、結び目に固まった蠟がくっついている。

箱を開けるときとまったく同じ手順を踏んで、真桂はなにも巻かれていない紙の筒を手にした。

けっこうめんどうくさいが、これは別に密書ではないただの私信であったとしても、誰かに出すにあたっての一般的な作法である。

丸まった紙を広げて、真桂はさっと読む。

内容は異母弟の、科挙の勉強の進捗である。

「順調なようね」

「それはなによりです」

ここでいう「順調」というのは、異母弟の勉強の進捗ではない。廃后・関氏への支援の準備が順調であるということだ。

なお文面どおりなら、異母弟の勉強の進捗はかなり悪い。

私塾の老師にこういう駄目出しを食らったという内容で、しかもそれが真桂の目から見ても実に的確で、しかも真桂の基準からするとおそろしく程度が低い問題なので、いささかならず頭が痛い。

けれどもその問題については、今は置いておく。

真桂がもっとも重視しているのは、手紙の巻き方であった。手紙は右端が外側になるように丸めるときは凶事、逆ならば吉事という作法がある。

順調であれば、手紙の内容と巻き方を一致させるように、順調でなければ内容と巻き方を一致させないようにという符丁を決めている。

これならば内容と巻き方が半分連動しているので、継続的に他者の手に渡っても手紙の巻き方が合ったり合ってなかったりしているだけになる。したがって他者にとっては、単に異母弟が粗忽《そこつ》であるというふうにしか見えない。

また内容と巻き方が一致しなかった場合は、真桂からの返信に巻き方についてお叱りの言葉を記すことで、「了解した」という意味を伝えているので、真桂からの手紙も他者の手に渡っている場合、やりとりがより自然に見えるはずだった。

覗《のぞ》かれないようにするのではなく、覗かれること前提の対策をしたのは、真桂が用心深いからではなく、あまり力がないからだ。

真桂の実家は、金があっても権力の類《たぐい》は心もとない。これが王太妃であるなら、それ専門の手勢を擁することはいくらでもできる。

王太妃ほど力がなくても、皇族や名門の出だとか、高位の官僚であれば特権を活用して秘密裏に手紙を運ぶことも可能だ。

けれど真桂の実家の場合は、そんな手駒を用意できない。そういう者たちを育てる方法が蓄積されているわけもないし、すでに技術を持つ人間を抱えこもうにも相手のほうが避ける。一介の金持ちがそんな人材を迎えようとしている時点で、怪しいことこのうえないからだ。

一流の人間はまず間違いなくこちらの誘いを断るし、かといって二流以下はお呼びじゃないので、結局真桂はこういうやり方しかできないのであった。

「は～、貴妃《きひ》さまがうらやましいこと」

皇族である紅燕《こうえん》は、当然こういう小細工を弄《ろう》する必要はない。その時点で思考を他のことに割く余裕ができるのは確実だ。隣の芝生は青いどころの話ではなく、完全にそちらのほうが有利である。

「貴妃さまにはできないことを、なさっておいでではないですか」

細鈴は本気でそう思っているので、言われるとけっこう面はゆい。

真桂は話を変えた。

「あの子……やっぱり商人向きなのかしらね」

手紙の内容――異母弟の勉強が芳しくないということについてである。

実をいうと真桂は、異母弟の顔もそんなに覚えていない。後宮に入ってから一度も出たことがないし、実家にいたころは妾《めかけ》の子である彼とはあまり接点を持とうとしていなかったからである。

けれども勉学について文を取り交わしている間に、彼の人となりというものは摑《つか》めてくる。学問は真桂の得意分野だからだ。真桂にとっては、本の趣味で相手の人となりがある程度わかるのと同じようなものである。

異母弟はどちらかというと実学の人間であって、詰めこみ型の勉学は不向きなようだった。けれども科挙という試験は、詰めこむ学問の集大成のようなものなので、彼が自分のほうを曲げるしかない。

「……御文には書いておいでではないですが、私塾でもあまりよい扱いを受けておいでではないとか」

「は？」

ためらいがちに述べる細鈴に、真桂は低い声を出した。

「その……商人の子ということで」

「なにを時代遅れなことを言っているのかしら！」

広く門戸を開いているということになっている科挙であるが、受けることができない者がいる。現在は服喪中の人間と、前科のある人間である。

けれども二十年ほど前まで特定の業種――商人、職人、役者の家の者も受けることができなかった。もっと前は性別でも弾《はじ》かれていたから、意外に範囲は狭かった代物である。

制限が緩和されてから二十年というのは、少なくとも真桂にとってはかなり昔の話である。

けれども緩和に反対した者――特に緩和前に登科《とうか》した者たちは現役の官吏である。そして現在科挙を志しているのは、その子弟たちが大多数を占める。だから当然、一世代前の影響を受けている。

その彼らが、商人の子である真桂の異母弟と机を並べるのは、恥であると言っているのだ。

「確かに母は違う。そして庶出でもある。けれども……仮にも賢妃の弟に対して？　それに対して偉そうな物言いをできるほど、その者たちは『お偉い』のかしら？」

言ってしまえば、間接的に真桂を侮辱しているともいえる。

なぜ放置するのかと叱責《しっせき》してもいいくらいだと思ったが、細鈴の「あの方もしょうがないんですよね……」といった生ぬるい笑顔でちょっと落ちついた。

「弟君は、私塾には賢妃さまのことをお伝えしていないので……あくまで親戚《しんせき》筋ということで、姓も別のものをお使いですし」

その言葉に、真桂は色んなことを察した。

なるほどなるほど……へんなひいきをされたくない、と。仮に実家だか自分の伝手《つて》だかで真桂のことを摑む同輩がいてすりよってきたとしても、それはそれで相手の持つ伝手目当てで抱きこむ価値があるというもの。

――なかなかやるわね。

「まあ……気骨は認めてあげてもいいわね」

多分、異母弟はそう長く黙ってはいないだろう。

そういう輩《やから》をのさばらせると、今後も商家の出の科挙を志す者たちの心を折ることになるので、相手のほうを折ろうとするのは問題ない。

けれども真桂の名前を出して見返すような浅薄な真似をするのは、ちょっと手段としては単純すぎるので、多少は捻《ひね》ってほしいものだ……そんなことを真桂は期待している。

当初は完全に自分本位で異母弟を利用するつもりで接触した真桂であったが、そう短くない時間を姉弟間の通信教育に費やしている間に、親しみらしいものを持つようになっている。

実をいうと弟側も異母姉に対して同じ気持ちであったので、小玉は自分の存在をきっかけに、一つの家庭のある姉弟の関係を深める役目を果たしたのであった。

ただ真桂は、他の異母弟妹たちとは、未《いま》だに交流の「こ」の字も持っていないし、必要がないかぎり持つ気もない。

「……さて」

異母弟への返信を真面目に認《したた》めてから、真桂は立ちあがった。

「貴妃さまのお見舞いに参りましょう」


紅燕は目の前で廃后・関氏が連行された先の事件によって、精神的な衝撃を大いに受けて臥《ふ》せがちになっている。

そういうことになっている、というのではなく、本当にそうなってしまっている。

だから真桂を出迎えた紅燕は、しおれた花のようにやつれていた。多分真桂でなければ目通りも許さなかっただろう。

その程度には、真桂に対して紅燕が親しみを持っているのはわかる。かわいらしいと思うところもあった。今も思っている。

「実家から届いたものですの」

真桂が言って目線で指示すると、喉《のど》どおりがよさそうな果物を入れた籠《かご》を持った細鈴が、卓上に籠を置く。

「ありがとう。夜にでもいただくわ」

微《かす》かに笑《え》み、紅燕が隣に侍《はべ》る雨雨《うう》に目を向ける。彼女はにこりと笑って頷いた。

「それで娘子《じょうし》への支援について、滞りはない……？」

「いつでも動くことはできますが、少し間を置こうと思っております」

「……なぜ？」

紅燕は眉《まゆ》をひそめた。

「少なくとも今は、あちらで廃后・関氏がいらぬ悪目立ちを……」

「娘子とお呼びするのよ！」

紅燕が鋭い叫びで、真桂を遮った。

同時に小さな両手で卓をばんと叩《たた》く。彼女の非力さが反映されたため茶器が倒れることはなかったが、茶碗《ちゃわん》の中で茶の面がゆらゆらと揺れる。

「貴妃さま、あまりにも無礼ではありませんか？」

「無礼なのはどっち？　娘子に対して……」

真桂はぴしゃりと言う。

「少なくとも現在、関氏は皇后ではありません」

「けれどもわたくしたちが『関氏』などと呼んでよい方ではないわ」

「ではどうお呼びすればよいと？　個人的な敬意でわたくしは関氏を『あの方』とお呼びすることはありますが、実態と異なる呼び方をするつもりはございません。司馬《しば》氏が淑《しゅく》妃《ひ》の位を剝奪《はくだつ》されたときのように」

「けれども娘子は、司馬氏とは違って無罪だわ」

「罪のあるなしと、現在皇后であらせられるかどうかは別の話です」

「頭の固いこと」

「わたくしは自らに二重規範を許すくらいならば、頭の固いほうを選びます。ですがそれを貴妃さまに押しつけようとは思っておりません。余人の耳に入ったときのために控えたほうがいいとは思いますが……それはあくまで助言です」

「…………」

紅燕はふーっ、ふーっと荒い息を吐きながら真桂を睨《にら》みつける。ややあってなんとか自分を落ちつかせた紅燕が、怒りに震える声を発する。

「……それで、娘子への支援を待つのはなぜ？」

「あの方がいらぬ悪目立ちをします」

「けれどもそれでは、娘子がいらぬ苦労をするわ」

「貴妃さま。悪目立ちする者は、往々にして嫌がらせを受けるものですわ」

「賤民《せんみん》の分際で、娘子に嫌がらせをするというの？」

生まれついての貴種である紅燕は、そんなことを考えもしなかったらしい。怒りを忘れてしまったかのように、ぽかんと口をあけた。

「そのとおりです」

「そんなこと許されないわ！」

「ええ。ですからそれを避けるために……」

「そうじゃない！」

再び言葉を遮られて、真桂は軽くため息をついた。

「そもそも、そういう者たちが存在すること自体が許されないって言っているのよ！」

「……行為自体は許容しがたいものです。けれどもありうべきことではある以上、その者たちを排除すること自体に正当性はございませんよ。なによりまだなにもやっていないのですから」

「そんなことはないわ！　娘子を目下と思うような人間が、いていいわけがないわ」

「ですから今、あの方はなんの地位も持っておいでではありません」

なんかもうこの娘にはなにを言っても無駄かもしれないと思いはじめていたが、真桂は小さい子に根気強く言いきかせるつもりで、もう一度大事なことを確認する。

しかし紅燕はいやいやをするように首を横に振る。

「地位がなかったとしても、誰からの敬意も受けるべきお方で、お強く、賢く、愛情深く、なんでもできる完全無欠で無比なお方よ。そうでなくてはならないのよ……そうでなくてはならないのよ！」

本当に子どものようだった。

「………」

不覚なことに、真桂はほんの少しだけ途方にくれた。廃后・関氏に対して「そういう人間であってほしい」という望みを押しつけていたことは、真桂にもある。

けれども紅燕ほど激しく思いこむように、そして自分に言いきかせるようにするという心理が、真桂にはわからない。その異質さに圧倒された。

そして、まるでかつての自分を反省する気持ちを重ねあわせるかのように、紅燕に対する親しみの念が色あせていくのを感じた。

率直に言えば、「気持ち悪い」と思った。

今、彼女に言うべき言葉はいくらでも思いつく。その大半は嫌みまじりのもので、真桂はなにも言わないことにした。それは彼女に対する気づかいによるものではない。

親しいからこそ言える嫌みがある。思いついたのはすべてそれだ。

けれども貴妃《きひ》に対して親しみが薄れていった今の真桂には、言うことができなかった。

雨雨に目を向けると、彼女も困ったような顔をして、貴妃に近づき背を撫《な》ではじめた。

ややあって落ちつきを取りもどした貴妃に対し、真桂は相手を刺激しないように雑駁《ざっぱく》にまとめながらなんとか説明を終えた。

辞去する前に、一つ頼みごとをした。

「貴妃さま。王太妃さまへの御文をお預かりいただけますか？　あの方に関する内容です」

「それくらいはいいわよ」

貴婦人らしい鷹揚《おうよう》さで、事もなげに貴妃は言う。

実際彼女にとってはなんでもないことなのだろう。手紙一つ出すのにも、小細工を弄《ろう》する真桂とは違う。

うらやましいな、と思った。それは先ほど昼寝から起きた直後に口に出したときよりも、もっとずっと嫌な感情だった。

そういうことができる立場、それなのにそれを活用しない在り方――どちらかというと

「いいご身分だな」という気持ちに近い。

けれども彼女は間違いなく自分に好意を持ってくれていて、自分のためにその特権を使ってくれてもいるのだから、こんなことを考えるのは、ただ自分が勝手なのだ。

今日、自分は馮《ふう》貴妃と相容《あいい》れないのだと実感した。

目的が同じでも、好きなものが同じでも決して。

いずれこの娘と精神的な別離を迎えるときがくることを、真桂は静かに覚悟していて、それを寂しいと思っていた。

けれどもそのうち、寂しいとも思わなくなるくらい、より心は離れていくのであろう。

どうやら貴妃は早馬を使ってくれたらしく、王太妃からの返信は真桂の予想よりずっと早く手元に届いた。

厚意に感謝しつつも、やはり貴妃に対する親しみが元のように戻ることもなかった。細鈴に開封させた手紙を開き一読して、真桂は眉《まゆ》をひそめる。

あまり芳しくない返事だった。

真桂が送った手紙の内容は、「会いにきていただきたい」というものだ。常ならば「無礼な」と言われてもおかしくないが、今回は廃后・関氏にかかわる内容だ。彼女ならば飛んでくるはずだった。

そもそも、関氏が廃される時点でなんらかの動きがあってもおかしくないと真桂は思っていた。なんらかの思惑があるのかと思っていたが……。

――もしかして、王太妃は……馮王家は廃后・関氏を見かぎった？

まさかと思いつつ、その思いに長くとりつかれることはなかった。手紙の先に、廃后にとって唯一の身内の甥《おい》のことが書かれていたからだ。

――現在当家は、廃后・関氏の外戚《がいせき》を軟禁しているため、監視のために離れられない。

その一文で、真桂はそういえばそうだったと、自らの不明を恥じた。

現在、関氏の甥は……というか、納蘭誠《ならんせい》という少年が後見である関氏の甥ごと馮王領にいる。関氏が捕縛される前に、皇帝の計らいで二人ともそちらに向かわされたのだ。もちろん日付は微妙にごまかされている。

理由としては納蘭少年が太子とそりが合わないため、年が近い馮王の側近にどうかということで顔合わせをする……というものである。

実はこれは言いわけではなく、事実である。

今回こんなことがあったせいで早まってしまったが、そのうち……ということで馮貴妃を通して話はまとまっていた。

真桂にとっては直接関わりを持たないことなので、事実の羅列しか頭に入っていないが、なんでも以前納蘭少年が宮城に上がって、しばらく太子（当時はまだ立太子前だった）と起居を共にしていたころからあまり仲は芳しくなかったという。

納蘭少年は両親とも国家に功をあげて死んだ……という人物なので、皇帝は将来太子の側近にしたかったらしい。しかしうまくいかないようだったので、かえって引きはなす方向に話が向かった。

その結果が、馮王領へ向かわせることである。

納蘭少年の母は馮王の命を救って落命したという経緯があり、王はもちろん母である王太妃も、姉である馮貴妃も恩人の子を喜んで迎えたいという意向を示していた。

ただ納蘭少年自身が、いくら帰郷ができるにしても、両親の墓がある帝都から離れることを渋っていたため、彼の心の整理がつくまで待つことにもなっていた。

そこに来て、今回の一件である。

納蘭少年は、後見である関氏の甥が自分のおまけとして帝都を離れることで、彼の身の安全を図れるということを聞いて即座に頷《うなず》き、二人はその日のうちに馮王領に発《た》ったという。

したがって現在馮王領は、王の恩人を迎えているという建前のもと、関氏の甥を監視という名目で保護している状態である。

彼を引き渡すことになった場合、一応帝都もしくは直接流刑地へ旅立たせるが、長旅だから、あるいは悪天候だから、あるいは罪人を単身で旅立たせたから……という理由を駆使しつつ到着までの時間を稼ぐつもりなのだろう。

しかしこの状態で王太妃が帝都に来た場合、せっかく来たのになんで関氏の甥をついでに連れてこなかったのかという話になる。

もちろんそんなことまで説明してくれるほど王太妃は親切ではない……というより真桂を馬鹿だと思っていないため類推ではあるが、間違いなくそう。

――だめね、わたくし。冷静なつもりでいて、目が行きとどいていない。

けれどもそうであるならば、後宮内での活動において協力者を選びなおさなくてはならないと、真桂は思考を巡らせはじめる。

――やはり、徐尚宮《じょしょうきゅう》しかないか。

真桂が手を結ぶのに選んだ相手は、徐麗丹《れいたん》であった。

関氏廃后の余波ですっかり忘れさられていたが、紅霞宮には毒が盛られた可能性がある。結果はあいまいだったものの、体を張ってそれを検証した彼女は、紅霞宮に属する者たちに対しては、親身であるのは間違いない。

それでも真桂がこれまで彼女と本格的に手を結ばなかったのは、彼女が親身なのはあくまで紅霞宮に属する人間に対してであって、皇后であった関氏に対する評価はどこまでも辛口だったからだった。

けれども先日、関氏に対して理想どおりであることを頑《かたく》なに願う紅燕を見て、真桂は思ったのだ。

こういう人間だけを味方にしていても、いざというときに役に立たないと。

紅燕を「必要なときに利用しあう」相手程度に距離を置こうと考えたとき、それは麗丹相手にも可能ではないかという思考にようやく至ったのだった。

真桂にとって、関氏についてのこれまでの人間関係は、同志か敵かのどちらかであった。おかしなことに自分自身にかかわることであれば、それこそ「必要なときに利用しあう」という灰色の伝手《つて》をいくつも持っていたというのに。

──わたくしもあの方に対して、理想をまだ持っていたかったということかしら。

真桂は自嘲《じちょう》する。

関氏に対しては心酔とまではいかなくても、全面的な味方になるほど傾倒する人間がいて、そうでない人間を自分はみんな敵だと思っていたということか。中途半端は許さないという考えは、思考の硬直化を招き、そして時には自らの弱点を作るというのに。

そうして繋《つな》ぎをとった麗丹と真桂は、意外に話が合った。主に、皇帝に対する反感という点で。

話が合わない部分については、お互い慎重に避けていたともいえる。

※

思わず口から声が出てしまった。小玉はぼりぼりと腕を掻《か》く。

隣にいる絲は無言であるが、渋い顔で頷いて同意を示し、こちらは左足首を掻いている。

二人の腕も足も赤い斑点《はんてん》まみれになっている。そのうちこれが原因でなんかの病気になりそうだが、これ自体は別に病気というわけではない。

与えられた布団に住みついていた臭虫《しゅうちゅう》に、吸血されまくっているのである。

手足の痒《かゆ》さが強すぎてあまり気にならないが、最近頭もかゆい。十中八九、布団に虱《しらみ》も住みついていて、今は小玉たちの頭に移住しているのだろう。

もしかしたらこの布団が嫌がらせなのか……と当初は思ったが、会う人間揃いも揃って両手足に斑点をこしらえているので、これが常態であることがすぐわかった。

皆この臭虫に悩まされているようで、不定期に「布団を燻《いぶ》す日」が設けられている。もうもうと煙立ちこめるたき火の上で布団をあぶるのである。

が、可燃性の素材であるため、気をつけてもそこかしこ焦がすし、布団が煙たくなるし、なにより燻しても臭虫がちょっと減るだけですぐにまた増えるし……でやらないよりましな状態になっている。

「いや、かゆいな……」

小玉も絲も、ここに来て初めての布団を燻す日を粛々と迎え、そしてちょっと焦がした。

お互いの布団を燻すときに手伝いあったのだが、できればもう一人くらいほしいところである。しかし小玉たちが来ると、皆さーっと距離を開き、話しかけないでほしいな……という雰囲気を醸しだすのであった。

これは課せられた労役である洗濯の最中もそうで、必要でないかぎり皆近づこうとしない。かといって害意は感じられないので、小玉は今後どう動くべきか頭を悩ませている。

笑いあいながら手を携えて共に云々《うんぬん》……という状況はさすがに非現実的だが、もうちょっと打ちとけておきたいものだと思った。今後の生活を少しでも快適にするために。

実をいうと微妙に引っこみ思案な紭は、いきなり相手が近寄ってこない環境にちょっと喜んでいるのだが、そんな感じでよく部下とか率いていられたな……とちょっと思ってしまった。

でも仕事と日常生活とで、やり方や心がまえが違うということはよくある。小玉だって手紙を書く際は、仕事の場合と個人的な場合とで大きな差がある。主に文字数に。

頭を悩ませていることはもう一つある。今ごろ清喜はどうしているかということだ。

ただしこれについては、真桂が手配してくれたという援助の手がこちらに接触してくれないと動きようがない。

動きようがないだけに、ただ悶々《もんもん》と思いを巡らすことしかできないのだが、別れたときの状況が状況だったもので、当然清喜の女装のことも思考の範囲に入ってしまう。その結果、あの服が清喜のものになった経緯に思いが至るのだ。

最近、戦死した復卿の遺品整理をしたときのことをよく考える。

清喜と二人で復卿の家財を整理しにいった。すでに整理されていた家はさほど時間もかからず掃除が終わった。処分する家財と形見分けの物品を車に載せて、片や引き、片や押して夕方の道をゆっくり進んだ。当然のことだが重かった。

服。車。

それらのことに、自分のことを重ねあわせている自分を感じる。

——服か……服ね。

小玉は自らがまとう服をちらと見る。ごわごわしているそれは、斑点がある部分にこすれると、かゆい部分を掻かれた感じがしてちょっと気持ちがいいが、言いかえるとそれくらい硬いし、繊維があちこちはみでていた。

小玉にとってこの服は、冷宮の象徴のように感じられた。

動いている重い車は、ほんの少しの力で進む。けれども一度止まると、大きな力をかけないと動きださない。この服を着ている自分は今、止まっている車なのだろうか。

そうであってほしくない。

あのときの記憶が、そんな焦燥感とつながってしまっている。

といっても現在、そんな概念的な車が止まるかどうかより、息の根が止まるかどうかのほうが重要ではある。

今度は腕を掻いている綵が、ばりぼり景気よい音とは裏腹な小さな声で呟《つぶや》く。

「清喜さん、心配ですね」

それを聞いて、ちょっとだけ焦燥感が薄れるのを感じる。彼女がいてくれることは、間違いなく小玉の心の安定につながっていた。

でも……。

「あんたはお母さんのことも心配しなさいね」

「母は心配いりませんよ」

得意げな顔をされたが、小玉は自分の言葉が間違っているとは思わなかった。綵は蘭英を心配すべきだし、蘭英のほうも綵を心配しているに違いない。

職場では蘭英に対して、同僚たちが腫《は》れ物を触るような扱いをしている。だがそんなことなど、なにほどのことでもない。

蘭英はこれまでと同じように……それどころか、これまで以上の熱意で仕事をさばいていく。娘が罪を得たぶん、挽回《ばんかい》したいのだろうという周囲の声が耳に入るが、なんとでも言えばいい。

※

蘭英には、やらなくてはならないことがある。

なんとしてでも長女を助けだしたい……胸中はその思いで占められていた。

どれだけ公正な人間であろうと、特定の誰かが絡むとその姿勢をためらいなく投げすててしまうことがある。蘭英もそういう人間で、今まさに「特定の誰か」——蘭英にとっては子どもたち——がかかわる事態に胸をいためていた。

けれども他ならぬ長女が、自らを犠牲にしてまで大事にしてくれた蘭英の仕事を、少なくとも今のところはおろそかにできない。

だから蘭英は、仕事を可能なかぎり迅速に済ませてから、娘の救出について策を講じる。

「顔色が悪いな」

新尚書の薛《せつ》の言葉に苦笑する。そういう表情を隠さずにいられる程度には、気安い相手だった。元尚書ともそうだった。

元々兵部は尚書をはじめとして、侍郎たちも離婚やら結婚直後の死別やらそれぞれの事情で全員独りものの男で、長らく女性の気配がなかった。なお薛尚書はそのうちの一人である。

兵部が蘭英の引き抜きに熱心だったのは、元武官だからというほかに性別の問題があったのだ。下世話な話ではなく、当時の兵部はもっとも女性の視点を求めている部署だった。それなのに家庭ですら女性から意見を求めにくい男三人がその頂点に立っていたのだから、そうとう苦慮していた様子である。

なにに苦慮していたのかというと、ここ十年で増加傾向にある女性武官の処遇は兵部の上層部にとっては、悩ましいところが多々あった。

過去のように一定数で、しかも大半が兵卒くらいの地位でとどまるままであるならば、主に後宮周囲の警備を任せ、素質のある少数を別のところに異動させるというやりかたができた。

そう、以前は受け皿と、それに基づいた対応が確立されていたのだ。

だが昨今は、その方法ではうまくいかない。

増える女性武官は受け皿の許容量をだいぶ超過している。かといって別の部隊に任せようにも、その場合去っていく女性武官の対応について問題が生じる。以前のように結婚して退役する前提の部隊とは違い、空いた穴を埋めなくてはならないのだ。

今は結婚後も軍で働きつづける女性が増えてくれて少し助かってはいるが、全体数の中では非常に微々たるものだ。

これだから女は面倒くさい……ですまさずに、問題に真摯《しんし》に取り組んでくれる兵部の上司三人(一人は異動、一人は先日勇退)に蘭英は感銘を受け、これを天職と定めて力を発揮しようと心から誓っていた。

でも、そのときの決意を思いだしたとしても、それでも蘭英は子どもたちのほうが大事だという気持ちに揺らぎを感じなかった。

「それでは、私はこれで」

報告を済ませ、薛尚書の前から辞去しようとすると、呼びとめられた。

「武国子監からの報告はもう目を通したか?」

「はい、先ほど……なにか問題でもございましたか？」

長女も期待していた事業である武国子監については、私情を挟むわけではないが、なるべく注意して見るようにしていた。

「武科挙との今後の兼ねあいについて、少し相談したいことがある」

蘭英は頷《うなず》いて、勧められた椅子に腰掛けた。

改組されて間もない部署なので、色々なことが引き継ぎの途中で、しかも兵部の者たちに共有されていないことが多い。

人によっては、尚書の交代直後に余計な荷物を背負《しょ》いこんだな……と思っている者もいる。しかし、

「私は武国子監については、このうえなく期待している。これは今後、私の業績の一つとなるだろうと自負している」

……などと新尚書が意気ごみを見せているので、表立って抗議することはない。

しかも反対している者も、時期のことを問題視しているだけで、武国子監のこと自体を否定しているわけではないのである。

長期的な目で見れば皇后が抱えているよりも兵部の所管であるほうが適正である。なにせ今後の皇后が武に明るいとはかぎらないからだ。

というか、ほぼ可能性はない。

皇后の直属とされた神策《しんさく》軍は、将来の皇后が深窓の貴婦人であったとしても、高位の武官に指揮権を委嘱させ、皇后ひいては妃嬪《ひひん》たちの護衛として活用できる。

むしろ設立の際は、そちらの理由で審議に通ったくらいである。設立当時は、たまたま率いることができる皇后だっただけという扱いである。

しかし武国子監については、皇后の管轄でありつづけると、将来的には間違いなく浮く。

もちろんこれも、神策軍と同様に他の武官が権限を委嘱されれば存続は可能である。

しかし深窓の貴婦人が皇后になった場合、皇后が護衛対象だからという理由がある神策軍と違って、武国子監は皇后が頂点に立つ必要性がないのだ。存続も危うくなる可能性がある。

だから権限が兵部に移ったことは、武国子監の将来にとっては最善の選択だったといえる。

けれどもあれほどの規模で武国子監を設立するのは、当時皇后だった関氏の関与がなければできなかった……そう表現すれば感動的であるが、予算がつくかつかないかという問題も絡んでいるあたり、世知辛さが混ざる。

数世代先だったなら兵部主導で作ることはできたかもしれないが、少なくとも予算はあまりつかなかったはずである。

「先日申しあげましたとおり、まだ武科挙との連動は俎上《そじょう》にのる以前の問題だと私は考えています。今は教える者たちの充実を主眼に据え、単体としての武国子監の充実を優先すべきだと」

「うむ……。私もそれについては同意見だ。したがって教師たちの人選について、武科挙出身者を増やすのはどうかと考えたのだが……その顔を見るに、反対のようだな」

「そう、ですね……」

武科挙に合格した者は、鳴り物入りで軍に入るのであるが、武官としては大成しない者が多い。そういう人間が出身だけで上に立つのを防ぐために作られたのが武国子監なので、武科挙出身者が大勢教師になるのは本末転倒といえる。

けれども頭ごなしに否定するのは、可能性の芽を摘む行為だ。

蘭英はしばし考えてから、口を開く。

「ある程度は、入れてもいい……いえ、むしろ必要といえるでしょう。叩《たた》きあげの武官は、武官としては実力があっても、教えるほうに向いているとはいえません。武科挙の出の者は、師に就いて教わった者が多いため、師が教えるという事柄に馴染《なじ》みがあるはずです」

少なくとも、目で見て覚えろ！　という無茶な人間は、そんなにいないはずである。叩きあげの人間には、けっこう多いのだ、これが。

「ふむ……紹介してもらうというのはどうかね？」

「紹介、ですか？」

「武科挙出身者を通して、かつて師事した人間に教えを請うということだ……おお、その顔は賛成のようだな」

「確かに……教えることの専門家であるわけですから。それに、武科挙出身者とのつながりも作ることができます」

武国子監について今抱えている問題は、関氏の廃后のあおりを今からでも受けないかということ以外では、武科挙出身者の反発である。

軍内においては、頭でっかちの連中よりも叩きあげの者のほうが発言権を持つことがまままある。だがあくまでそれは、軍内部という狭くて特殊な共同体の中での話である。

だから兵部の運営のように序列がきちんと物をいう文官の世界に関しては、下手に官位が高いぶん武科挙出身者のほうが口を挟みやすい。悪いことではないのだが、運営する側としては横やりを入れられるのは困る。

「文の世界でも武の世界でも、師に敬意を払うのは当然のことだ。武科挙に合格した者たちも、自らと、もしくは同輩と師を同じくするのであれば拒絶感が薄れるだろう」

「検討の余地はあります」

「武官たちとの関係は、君のほうが深い。つなぎをとってもらえるか」

「かしこまりました」

今度こそ退出しながら、多分これが彼なりの気づかいなのだろうなと蘭英は思った。

彼とは非常に気が合っていたが、もう一度上司になってもそれは変わらない。腫《は》れ物に触るようにするのではなく、ただただ仕事に没頭できるよう静観するのでもなく（それはそれでありがたいが）、適性があってやりがいのある仕事を与えようとするあたりが、非常に好ましいものだった。


「義母上《ははうえ》」

呼びかけられ、蘭英はつかのま高揚した心がすっと冷えるのを感じた。呼びとめられることが問題なのではなく、呼びとめた相手が問題であった。

それでも無視するわけにはいかず、蘭英は足を止める。

「温殿、ご機嫌うるわしく」

娘の元夫《もとおっと》だった。

娘が自分に一切知らせず婚家と離縁した際に、彼が自分に連絡をとってくれたなら、と思うことがある。

もっとも、彼は「関氏の廃后のあおりを、婚家に及ぼさないため」という理由しか知らなかったので、蘭英が自分たちの離婚に関係するとは考えてもいないようだった。そのため、彼個人が蘭英につなぎをとろうとしなかったのは当然といえる。

だってふつう、綵のほうが連絡すると考える。親だから。

けれども、今になってこちらと接触しようとしてることも、蘭英の気に障る。

温青峰は好青年だ。綵に結婚相手の候補として彼を勧めたのは他ならぬ蘭英だし、勧める前には彼女の精一杯の力で人となりについて調べもした。

彼が妾《めかけ》との間に子を生《な》したこと自体には、特に思うことはない。

蘭英が夫に浮気された結果、綵が生まれたことと一緒にしていいものではない。それはさすがに青峰に対して失礼というものだ。妾を抱えるのにも作法だとか手続きだとかがあって、彼はそれを踏んでいる。

そのあたりの線引きは厳然としていて、蘭英も青峰に対しては、妻と妻の実家に筋をきちんと通している人間だと思っている。そのうえで子を産めなかったうえに、罪を得たとされる元妻のことも気にかける彼は情の深い人間だといえる。

そうでなければよかったのに、と思うのは彼に対して「お前のせいで」と怒りを向けたい自分がいるからだ。

けれどもそういう人間なら、そもそも絣が彼と結婚することはなかった。

蘭英が、勧めることもなかった。

「温殿、不出来な嫁ではございましたが、娘のせめてもの配慮を無駄になさらないでください。私を『義母《はは》』と呼ぶことは、罪人である娘がまだ温殿の妻であるとおっしゃっているようなものです。温家にいらぬ苦労を背負わせるのは、娘も私も望むところではありません」

かつての義息は少し逡巡《しゅんじゅん》して、言葉を選んだ。

「……ご令嬢の、衣類などが当家に残っております。母がそちらに持参したいと申しておりまして」

多分、夫人が自分と話したいのだろうなと思いながら、蘭英は丁寧に謝絶した。

「お気づかいに感謝申しあげます。ですが罪人の衣にかかずらう必要はありません。お手数ではございますが、燃やすなりなさってください」

蘭英の家には、綵が婚家から持ちかえった大事なものが残されている。今は妹の髪《びん》が必要もないのに、毎日洗濯したり磨いたりと手入れしている。特に桶《おけ》の桧子《かいし》には、最近話しかけはじめているので、次女のことは次女のことで心配しているところだ。

その綵が婚家に残していったということは、もういらないものだということだ。

だから母親である蘭英としても、受けとるつもりはなかった。

「それとも、こちらから人を遣《や》って処分させましょうか？」

「いえ、こちらで……」

言葉の末尾を濁して、青峰は足早に立ち去っていった。多分処分しないのだろうなと思いながらも、好きにすればいいと思う。

ただ……ねだっているわけでもないのに、妾にあげるのはやめてあげてほしい。これは妾本人の心境のために。ねだるような性格の持ち主ならば、話は別だが。

蘭英も止めていた足を再び動かしながら、そういえば武科挙の出の人間とつなぎをとる際に、青峰ともまた接触するだろうなと思った。

仕事で会うぶんにはまったく問題ないが、相手のほうが私情を持ちだしてきたら面倒くさいなと思った。自分よりも、多分周囲のほうが気まずいはずだ。

温青峰に対して癪《しゃく》に障っているのは、行き場のない自分の後悔をぶつける先にしているからだ。蘭英はそんなふうに自己分析している。

なさぬ仲とはいえ、長男も長女もよく育ってくれたと思う。

ただ蘭英が子育てで失敗したと思う最大のことは、彼らの自分に対する負い目を払拭《ふっしょく》できなかったところである。

二人とも、蘭英がなにを言っても、蘭英に迷惑をかけたと思いながら大人になった。

それでも彼らが結婚して、子を生して親になれば、蘭英の気持ちをわかってくれるのではないかと思っていた。

けれども現実はどうだ。

長男は父への隔意のせいで結婚することに拒絶感を抱いている。

長女は長女で結婚しても親になることはなく、蘭英への負い目を抱えたまま、それを解消できそうな機会に飛びついてしまった。

ああすればよかった、こうすればよかった……という思いは浮かばない。出来ることは出来るかぎりしたつもりだった。だからどうすればよかったのだろうと、なにも思い浮かばなくて途方にくれている。

でもこれから先のことは、まだやりようがあると信じている。

蘭英は、子どもが不幸になることは嫌いだ。特に、自分の子どもが不幸になることは絶対に許せない。

だから頼れるものはすべて頼るつもりだった。

蘭英は今、旧知の知人に連絡をとっている。相当前に妻の体調を理由に職務を退いた軍属の文官だ。現役のころ後ろぐらい領域まで足を突っこんでいた彼の握る情報は、蘭英が疎い部分を補ってくれるはずだった。

聞くところによると、最近彼の妻は亡くなったという。

※

小玉たちが冷宮に入ってから、一月ほどが経っていた。

外部からの援助は、最近になってようやく始まった。小玉たちが、冷宮内部の構造を理解しないとできないやり方だったからだ。

また援助といっても、おおっぴらな差しいれはない。悪目立ちするのは周囲の感情を逆《さか》撫《な》でするし、なにより仙娥《せんが》の耳に入ったら次にどんな手をうたれるかわからないからだ。

現在小玉と綵は、それぞれ五日から七日に一度、冷宮の片隅に潜んで待つ援助者（名前は知らない）から食物をもらってその場で食べている。

期間にばらつきがあるのは、規則正しいと怪しまれるからだ。また二人揃っていなくなると怪しまれるので、交代で援助者に会っている。

片方が会って情報と食物をもらい、「次は何日後にどこそこで」という指示を受けて、戻ってからもう片方に伝える。次の機会にもう片方が出向く……という感じだ。

こうすることで、片方がいないことに気づかれても、残っているほうが適当に理由をつけてごまかすことができる。

援助者のおかげで、不定期ではあるが食事を満足にとれるようになった。そうすると余裕はできるものだ。

衣服の着心地は悪いし、寝具は冬が間近なこの時期でなければ、むしろないほうが安眠できるかもしれないし……という状態でも、特にとりみださずにいられる自分がいる。

小玉の場合、援助者から文林の伝言を聞けるのが大きい。

だいたいは事務的なうえに、特に状況を打破するものではないのだが、前者の問題点については彼らしいし、後者の問題点については事実なんだから仕方がない。むしろ励ますためだけに、ありもしない希望を持たせるほうが罪深い。

……なお、援助者から得た情報によると清喜は無事だし、元気らしい。本人は小玉と違うところに行ってしまったことに悔しがっているようであるが、無謀な作戦を立てた自分をよくよく省みてほしい。

清喜のことにかぎらず、鴻《こう》、丙《へい》をはじめ阿蓮《あれん》のことのような、政治にも文林にもほとんど関係のない小玉個人のつきあいに関しても、確かに頻度は少ないものの、小玉を安心させるための情報もくれていて、そこに小玉は文林や真桂の気づかいを確かに感じていた。

発覚しないようかなり気をつかっているからでもあるが、小玉たちが外部とひっそりつながっていることがばれていないのは、小玉たちの寝起きするところが、二人っきりの小屋だからというのもあるだろう。

正直、木どころか竹の枠組みに、平面状のなにかをくっつけたり載せたりして仕上げました！　というつくりではあるが、知らないうえに敵意をもたれているかもしれない人間多数と寝起きを共にするよりは、当然落ち着く。

ただ冷宮内で小玉にも綵にも打ちとけられる相手が未《いま》だにいないのは、この隔離のせいでもあるだろう。

隔離……言いえて妙である。ここにいる者たちは、小玉たちと極力かかわりたくないようだった。これは嫌がらせによる無視というのとも違う感じだった。

当初は綵と「小説の見過ぎ～」で済ませられていたが、ここまで露骨で、なおかつ継続すると不気味なものを感じている。

精神的にはまあまあ考える余裕があるが、肉体的には疲労感が澱《おり》のように沈殿していた。

それなのに眠れない夜だった。

特に能力がなくてもわかる。明日《あした》絶対に辛《つら》い……。少し未来の自分の疲弊を思って、小玉は深い深いため息をついた。

小玉たちは洗濯を中心に、雑用をこなしている。

中腰でひたすら洗濯物を槌《つち》で叩《たた》いたり、すすいだり絞ったりという作業は、四十路《よそじ》でなくても腰に来る。

小玉より若い娘たち（しかし見た目は実年齢よりかなり年かさ）が、疝気《せんき》に悩まされて、腰を撫でさすっているのを小玉はもう何度見かけたことか。

小玉と綵は今の仕事に従事してまだ日が浅く、体を鍛えていたのでまだなんとかなっているが、これまで使っていた箇所とは違う筋肉を急激に酷使しているので、近日中に他の娘たちと同じ運命をたどるだろう。間違いなく小玉が先に。

もしかしたらおかげで、遠巻きにしている彼女たちとの間に、連帯感が芽生えてくれるかもしれないが期待はしないでおく。もし期待してそのとおりにならなかったら、腰が痛いうえに誰とも親しくなれなくてただただ悲しいから。

とはいえ仕事はきついが、唯一いいことがある。それはあまり気をつかう必要がない衣類を扱っているということだ。

先も述べたように、小玉の今の主な仕事は洗濯であるが、洗っているのは妃嬪《ひひん》の衣服ではない。それはきちんとした専門の部署が担当するし、所属する者たちも低くはあるが官位を所持している。ここのような、掃きだめ的な扱いを受けているところが担うようなものではない。

小玉たちは今、女官や宦官《かんがん》の中でも下位の者や、仙韶院《せんしょういん》に所属する者の服を扱っている。破ったら確かに罰を受けるが、じゃあお前死刑！　みたいな露骨な重罪にはなりにくい。

ただし罰を受けた結果、その傷がもとで死ぬことは、ままある。

なお、仙韶院から来た衣装は評判が悪い。

仙韶院は楽人《がくじん》や官妓《かんぎ》が所属する場所で、構成員の身分自体は最下層に近いくらい低いのだが、貴人の前で芸を披露するため良質なものを身にまとう。

したがってここから届けられた衣装にはかなり気をつかう。おまけに舞楽の際の練習着はおそろしいほど悪臭を放っているので、その点でも嫌がられる。

着ている娘たちは間違いなく稀《まれ》な美貌《びぼう》の持ち主であるし、香の類《たぐい》も使いこなしているのだろうが、汗みずくになった身でまとったうえに少し時間が経った衣装は、香の残り香と皮脂の臭いが絶妙な混ざり方をしてしまって、持っているだけでもかなり辛い。

――明日はもうちょっとましな臭いのが来るといいなあ……。

自身の職分に対して真摯《しんし》に頑張っている娘さんたちに、罪はまったくない。だから恨みはないのだが、うんざりはしてしまう。

特に今、身重の茹昭儀の心を慰めるためにという名目で、練習を強化しているらしく、そこからの洗濯物が増えているらしい。

そしてそれを小玉が洗っている、と。

もし仙娥がここまでを一連の嫌がらせと考えて小玉を冷宮に送りこんだとしたら、これは勝ち目がなかったわ……と小玉はすがすがしく負けを認められる。

多分違うと思うけど。

小屋の隅にうずくまって、ぼんやり床に射《さ》しこむ月光を眺めていた小玉は、血がうっすら滲《にじ》む手にふと気づいてもそもそと動き出した。

取りだした軟膏《なんこう》を、少しだけ指ですくう。

綵から分けてもらったものだ。彼女は持ちこんだ金と引きかえに、他の者からもらったものだ。さほど量は多くないから、けちけち使うしかない。

可能なかぎり薄く延ばそうとするも、あまり質のよくないそれは思ったほど手になじんでくれない。そもそも軟膏というにはなんだか生ぐさくて、原材料の一つである豚の脂をきちんと精製していないことがわかる。

よくいえば、素材を生かしているが、薬らしい色も香りもそれほどしなくて、薬効成分はおそらくほんの少ししか含まれていない。豚の脂は原材料の一つというより、主材料といったほうがいいかもしれない。

それでもないよりははるかにましだった。

なんとか塗りおわった手を、小玉は眺める。荒れきっているところが、母のそれによく似ていると思った。まだ幼かったころのことが脳裏によぎる。小玉の頬を包む母の手は固くてかさついていたが、とても温かかった。

そしてたまに、温かい手で包んだついでに、その手で小玉の頬をつねってきたことがあった。しかも左右両方から。小玉が悪さをしたときのことである。

それを思うと、意外とみじめな気持ちにはならなかった。

でも痛いものは痛いので、どうにかしたい。

——義姉《ねえ》さんがいてくれたらな……。

ここにいると、色んな瞬間に懐かしい人たちを思いだしてしまうようだ。今の小玉は兄嫁のことを考えはじめた。

小玉が故郷を出て以降の話であるが、兄嫁は身近にあるものの薬効について個人的に情報を集めていたため、再会したときには相当な知識の蓄積があった。小玉が村にいたころはどっこいどっこいであったため、その進歩は驚いたものだ。

故郷から兄嫁と甥《おい》を連れて帝都に居を移したあとは、小玉の知りあいの医師を手伝い、助手というか弟子みたいな立場になっていたくらいだ。

現在その医師の後継者となって働いている女性ほど本格的ではなかったが、それでも医師はだいぶ信をおいていた。先日小玉の主治医として宮城に復帰した彼とは、兄嫁のことで共通の話題があって、話す機会があれば兄嫁の話がよく出てくる。

小玉が皇后でない以上、今の彼は自分の主治医といえないのかもしれないが、多分彼はそんなことを気にせず、今も小玉を自分が担当する患者だと思っていそうだ。後宮に入る前は町医者であった彼がかかりつけ医でもあったし。

今さらにもほどがある話であるが、兄嫁には色々聞いておけばよかったと小玉は思っていた。

小玉も故郷にいたころに、まあまあの知識を身につけているが、だいぶ頭から抜けている。なにより問題なのは、小玉の知識の大半を占める薬効成分の多くは、植物由来のものだということだ……小玉の故郷とここ帝都では、植生がだいぶ異なるので、欲しい草はあんまり生えてこない。

しかもここは仮にも後宮の一部だ。薬は毒になるものでもある以上、はっきり効果が出るような植物がそこらに生えているわけがなかった。

ということは、多分兄嫁に色々聞いていたとしても、兄嫁本人がここにいたとしても、多分あまり意味はない。

脳裏で「ええ〜」と抗議の声をあげる兄嫁に、小玉はちょっと口元をほころばせた。彼女のそういう口調は、大人になっても子どものころのままだった。

母と兄嫁のことを思いだしたついでに、兄のことも思いかえしてみる。

今度は兄が脳裏で「ついでかよ！」と抗議してくる。ああ、そうそう。兄はこんな感じの口調だった。

今さら亡き家族のことを思いだすのかと自嘲《じちょう》しつつも、思えば今日この日まで三人のことを、悼む気持ち抜きで、自分自身の思い出として思いかえしてみることができただろうか。

ずっと忙しかった。

身体も忙しかったし、心はもっと忙しかった。

余裕なんてなかった。

意図的に思いだそうとするときは別だが、ふとした瞬間に思いだす家族の姿は、死に際のものが多かった。なぜか見た覚えのない兄と母まで。

兄と母のことは、こんなふうに死んでしまったのだろうか、それともあんなふうに死んでしまったのだろうか……さまざまな悔いとともに思い悩んでいたことが、頭の中に定着してしまったのだろう。

でも今、小玉がぼんやりと思う家族は、やさしい思い出そのものだ……ただこうなると思いだせない父に申しわけなくなっている。

あまりにも小さいころに父を喪《うしな》ったので、記憶そのものがほとんどないうえに、兄が父親代わりだったため、父を思おうとすると兄がずいっとのさばってくるのだった。

——邪魔だな……。

脳裏で兄の抗議を聞き流しながら、小玉は横で寝ている紨の体から滑りおちそうになっているむしろをかけなおしてやった。

彼女がここにいてくれるから、小玉は心穏やかでいられる。

清喜がいても同様だが、彼はいると別のところで心をかきみだしてくれるので、別のところで元気にやってくれるなら、今はそれでいいと思っている。

冷たいようだが、今の小玉はなんだかんだで主に肉体的に疲れている。なにせここに来てから一度も月経が来ていないのだ。おそらく紨も。これはそうとう身体に負担がかかっている。

肉体が疲れているということは、精神的にもかなりやられているのかもしれない。そのおかげで家族の思い出に雑念なしで浸れているのだったらちょっといいことな気もするのだが、代償が大きすぎるのも事実だ。

「ありがと、ごじゃま……」

なるべくそっとかけてやったつもりだったのだが、眠りがちょっと浅かったのか、小玉の動きに気づいた綵が礼を述べる。ただ声はだいぶ、ふにゃふにゃしていた。

自分のせいでという負い目を抜いたとしても、目の前でより年下の女の子が——もう三十過ぎてるけど——こんなに頑張っているのに、ここで自分が腐っていられるかという気持ちに小玉はなる。

しかも綵は、大事に育てられたお嬢さんだ。今は三十過ぎなんだけど。

小玉は綵から、幼少期のことをよく聞いているわけではない。けれども彼女が物心ついたころの母親の階級は知っているし、けっこうな高給取りであったのも知っている。したがって、暮らし向きはかなりよかったものと思われる。

だから綵は間違いなく、小玉よりも苦労をしないで育ったはずのお嬢さんだった。三十過ぎだけど。

頭から追いはらおうとしてもどうしても気になってしまう実年齢はともかくとして、小玉は綵に対してある種の責任を持ちつづけるべきだった。

——あ、虫。

近ごろは文章を読む機会がまったくといっていいほど存在しないので、視力がちょっと回復している気がする。おかげで綵の腕に取りついている臭虫を発見した。眠りが浅いところにこんなことをしたら起こすだろうか……小玉はちょっとためらいつつ、虫を何匹かつまみとる。

「なんですかぁ……」

案の定、不満げな声が聞こえる。小玉は「ごめんごめん」と言いながら、枕元に置いてあった石で虫を潰《つぶ》した。だいぶ血を吸っていたらしく、潰れたところが赤く染まる。

最近また臭虫が増えてきた模様。燻《いぶ》さなきゃなあと思いつつ、小玉は服の中に腕を突っこんで、ぼりぼりと掻《か》いた。

布団だけではなく今自分たちが着ている服にも、おそらく臭虫が何匹か潜んでいるのだろう。ただでさえ着心地が悪い服なのに、綵には辛《つら》いだろうなと小玉はため息をつく。

小玉にとっても臭虫さえいなければそこまで苦にはならないが、粗末な服であることは間違いない。

と、ここで粗末……と思った自分にひっかかりを覚えた。

よくよく思えば小玉が幼少時に故郷で暮らしていたときはもちろん、兵役に就いた当初も、今よりももっと粗末な服を着ていた。けれども帝都に出たばかりの小玉は、新しい服を得たことに有頂天になっていたものだった。

感覚のうえで、自分はこんなにもあのころから遠ざかってしまったのかと、小玉は自分に少なからずがっかりした。

けれどもがっかりする自分に対し、小玉はおやおやと、興味めいた疑問も抱いた。

なんで自分はがっかりしているんだろう。

――自分の感覚が、知らない間に他の色に染まっていたから？

――それともいつまで経っても自分は昔の感覚を忘れはしないと、気どっていた自分が恥ずかしくなったから？

変化の事実に落胆するでもなく、開きなおるでもなく、小玉は純粋にこの気持ちを探究したいという思いを抱いた。

こういうことを考えられるのは援助者のおかげで、余裕が出来たからだろうか。あるいは体調が改善したからだろうか……衛生面ではかなり劣悪であるのだが、ここに来てから離宮に滞在する原因となっためまいだとか腹痛、下痢から小玉は解放されていた。

そういう「考えるための素地」が整っているからというのは、確かな理由である。けれども考える題材としてこんなことを選んでいるのは、これを探究することによって、自分はまだ動いている車でいられる気がなんとなくするのだ。

これはきっとこの環境下でしかできない。思えない。

「……関さん、もう寝なさ……」

「はい」

でも糸の寝ぼけ声に、小玉は探究心を一旦《いったん》置いておくことにした。

ところで符丁として先日決めた呼び名のことだが、真桂のことを明慧と呼ぶこと以外、ほとんど使っていない。それと同じように、今小玉が考えていることも「考えすぎ」で終わることもあるのかもしれない。

それもありかもね……と思いながら、小玉は臭虫が棲《す》みついている布団を引っかぶった。

※

「父帝陛下にご挨拶《あいさつ》申しあげます」

「立て」

鴻は連座こそしなかったものの、立場が一気に悪化していた。しかしこれを機に、生母である安徳妃《あんとくひ》の一族が鴻に接触しようと立ちまわっている動きもあって、彼はかなり複雑な状況に置かれている。

小玉が廃后されて、鴻の養母という立場から外されて……、文林はなるべく頻繁に皇太子の宮に足を運ぶようにしていた。

鴻は文林に対して反発している様子はなかった。意外に……というと、彼の評価が低いということになってしまう。真面目に勉学に励んでいる彼は、今回の一件、相当寛大に落としどころがついたということを理解していた。

「ありがとうございます」

だから今、顔をあげた鴻の目には激しい感情が宿っていない。けれども静かな恐怖が奥底にあった。

自分に似ていると思った。

——今日のこの人は、自分にひどいことをしないか？　言わないか？

——この人が今ひどいことをしないのは、気まぐれによるものなのか？

これは自分が、母を見るときの目だ。

母に愛してほしいと思う以前に、母にひどいことをしてほしくないという考えが先に立つ幼少期を、文林は過ごしていた。

実際のところ母が自分に暴力を振るった覚えは文林にない。それは広い家で暮らし、母以外の人間が面倒を見てくれるという、母とほどほどに距離を置ける環境であったからなのだろう。

あえていいほうに考えるならば……もしかしたら母の心の柔らかさが、我が子に矛先を向けまいとしたからなのかもしれない。その柔らかさは、母の心を壊した要因でもあるけれど。

けれども母の不安定な情緒が、支離滅裂な言動が、今日自分にぶつけられるのか、明日《あす》自分にぶつけられるのか……そう思いながら暮らす幼い文林の日々は、まったく明るいものではなかった。

文林は少し間を置いてから口を開く。

「関氏についてだが」

「……罪を得た女のことなど、父帝陛下が気にかける必要もございますまい」

鴻は強《こわ》ばった声で言う。暗に自分には関係ないと言っているのだ。

これは保身のための発言だ。守っているのは鴻自身と、小玉の身。

小玉と関わりを持つこと、小玉に関心を示すこと、それらすべて自分と小玉にいい影響を招かないと鴻は思っている。

鴻はもう、これから先長い間を闘う覚悟を決めているのだ。将来小玉を助けだすために。闘う相手は茹昭儀であり、その腹の子であり、そして文林でもある。

文林は敵だと思われているのだ。

この状況下においてはいい心構えだなと文林は思いつつ、課題を二つ、三つ手渡して彼の宮から去った。

輿《こし》に揺られながら、鴻に彼の生母の一族を接触させてもいいかもしれない……などと文林は思う。今の彼ならば傀儡《かいらい》になることはなく、傀儡に見せかけて一族を操ることくらいできるだろう。

鴻にとって文林は、どんなときも味方だと思っている小玉とは、一線を画す存在となっている。

そういうふうにしたのは他ならぬ文林である。それを寂しいというような、お門違いの感傷を抱くほど恥知らずではない。

だが自分があれほど嫌だった、母と接するときのたまらない緊張感を、他ならぬ自分の子にさせているのかということに対して、実は忸怩《じくじ》たる思いが、ある。

文林は目元を押さえた。

「大家……？」

隣を歩く賢恭がめざとく察する。

「うん、少し疲れているようだな」

「宮でお休みになりますか」

文林は少し思案してから頷《うなず》いた。

最近になって文林は不調に悩まされるようになった。元から感じるめまいのほかにも、困ったことになっている。

肉体的にはもちろん、精神的にもいろいろと課題があるもので。

その中で一番穏便な課題というものは、

――最近、敵が手強《てごわ》くなったな……。

これである。

元から政敵は大量にいるが、この場合の「敵」はそういうのじゃない。

文林への評価が低い麗丹と真桂が、なにやら最近手を結んだらしい。それ自体は大いにけっこうなことなのだが、お互いに情報を共有した結果、文林に対して悪感情を抱く材料を増やしたらしい。

おかげで麗丹は事あるごとに小言を述べるし、真桂は軽蔑《けいべつ》の眼差《まなざ》しを慇懃《いんぎん》さで押し隠しながらもより強いものにしていた。

最近文林は、小玉に男運がないのではなく、自分に女運がないのではないかなと思うようになっている。だが自分が女に対して褒められた行いをしていないから、運の問題ではなく天から報いを受けてるのだろうと思えば、むしろかなり天に甘やかされているなという気持ちにもなる。

でも同時に、うるせえ！　俺には俺の事情がある！　とか叫びたくなる。

そう叫ばないのは、自制心とかによるものではなく、言ったところで味方が増えるわけでもないからだ。それどころか、そういうことを言った時点で、より自分への攻撃材料を増やすだけだ。

そもそも彼女たちには、理解できないだろう。

小言の麗丹、軽蔑の真桂……どちらも裕福な家庭で、ほどほどに親の愛情や期待を受けて育った人間たちだ。もちろん父親を蟄居《ちっきょ》に追いこんだ真桂のように、家族間に確執がまったくないとはいえない。

それでも物質的にも精神的にも、特に後者については俺よりは間違いなく恵まれた環境で育った人間に、俺に対して偉そうにいえるところがあるのかと思いたくなる自分がいる。

それでもこの二人は、小玉をなんとか助けたいと考えている点で文林にとっては同志である。

特に意思の疎通はしていないが。

真桂と麗丹に「あいつがもっとしっかりしていれば、あの方はこんなことに」とか、「あいつがもっとしっかりしていれば、優秀な人材に傷がつくことはなかった」とか、それぞれの優先事項に基づいて毒づかれている文林であるが、彼は彼なりに仙娥のことを探っていた。

ただ仙娥の腹の子に対しては……文林は、自らを重ね合わせるように、これまで誰に対しても抱いていない憐憫《れんびん》と愛着を持っている。

その子のことをああやって育ててやりたい、こうやって育ててやりたいというような、明確な見通しを抱けているわけではない。けれどもその子を生まれることなく死なせるなどということは、思うことができなかった。

小玉のためを思うならば、自分は仙娥のことを自分で始末すべきだったし、我が身に起こったことを告白すべきではなかった。

けれどもそれは、仙娥の腹の子を自分で殺すということだ。文林にとっては幼いころの自分を殺すことに他ならない。

自分が殺されることについて、今の文林はいつそうなってもおかしくないと思っている。けれどもあの日の小さな文林のことを、自分で殺すことは……とてもできない。

それは、小玉を愛する人間には理解できないことだろう。

――そうすればよかったのよ。

麗丹はともかく、真桂は間違いなくそう思う。身分で相手を忖度《そんたく》する女だから実際に言うかどうかはわからないが、言いたいと思うはずだ。

あの日の小さい文林を、助けたいと思う人間はここにはいない。

小玉でさえそう思うかどうか……いや、小玉は自分が押しつけたもののせいで、よけいにそう思える立場の人間ではない。

自分の宮で一寝入りしても、体調はあまり落ちつかなかった。

それどころか余計にひどくなってしまい、起きるや否や文林は準備してあった瓶に盛大に嘔吐《おうと》する。

「大家！」

賢恭に背を撫《な》でられながら、文林は最後まで吐ききる。

「どうぞ」

差しだされた碗《わん》に口をつけ、水で口を漱《すす》ぐ。

文林はよろめきながら立ちあがった。やけに美麗な装飾が施されているわりに、中身はその真逆といえる瓶を一瞥《いちべつ》し、侍《はべ》っていた賢恭に一言。

「……処分してくれ」

「御意」

文林が口もとをぬぐって、「李賢妃のもとに行く」と告げると、賢恭は気づかわしげな顔をした。

「大家、僭越《せんえつ》ながら少々休まれたほうが」

「吐いた直後に行ったほうが、向こうで吐くおそれがなくていいだろう」

最近ふとした瞬間に、吐くようになった。元からたびたびめまいに悩まされていたので、症状が重なると最高に不愉快な気持ちになる。

文林はくっ、と喉《のど》の奥で笑った。自嘲《じちょう》だった。

「女に襲われたくらいでこうなるなど、情けないと思うか？」

「経験したことのないことについて、抱く感想を口に出すかどうかは、慎重になるべきだと臣は考えております」

「なるほど」

賢恭の言葉を逃げだとは思わなかった。彼は彼の経験に基づいて言っているのだろうということが、理解できたからだ。

賢恭は、士大夫《したいふ》にとって軽蔑の対象である宦官《かんがん》だ。けれども彼は自発的にそうなったわけではない。物心つくかつかないかというくらい幼いころに、家族の手で去勢されて宦官になった経歴を持つ。

同じような経験をするでもないのに……いやむしろ、しないからこそ気軽に自分を軽蔑してくる人間に思うところはあるはずだ。

今のこの状況下においては、文林の心にもっとも寄りそっているのは、賢恭だ。頼もしすぎて、恋してしまうかもしれない。

──あれだな。俺は自分の心を預けられるかもしれない人間には、依存する奴だったんだな……。

小玉に関する執着を客観視できるようになったのも併せて、文林は自分のことをそう評する。地頭は悪くないので、そのことが理解できてしまっている。

──あいつには悪いことをした。

けれどもその一言だけで、終わらせるわけにはいかない。自分のせいで人生をめちゃくちゃにした小玉に対してはなんとかする義務を文林は自負していて、これが今の文林をきちんとした人間として、そして皇帝らしく振るまわせる原動力の一つだった。

けれども小玉に関することであっても、今の文林は摑《つか》んだ情報を引っさげて真桂──女のもとへ向かうのは足が鈍った。

・

「大家におかれましては、ご機嫌うるわしゅう」

文林を慇懃に出迎える真桂の指は、墨で少し汚れていた。物書きをする者の手だ。

小玉が離宮に療養に行ったときと同様、真桂は後宮の管理人として職務を行っていた。

紅燕はあいかわらず体調が優れないようであるが、儀礼的なことの代行を担って、きちんと役には立っている。蚕《かいこ》に餌をやったりとか。

虫が嫌いとかなんとかいいがちな娘のように文林は思っていたが、あれでやはり皇族の娘だ。儀礼の重要性は身に染みているのか、それとも切り替えがうまいのか、淡々とこなしているようだった。

朝廷や後宮での下馬評では、次の皇后は紅燕か、あるいは茹昭儀か、大穴で真桂かと言われている。

この三人のうち半数以上が嫌がりそうというあたり、やはりこの代の後宮は異質といえる。

「後ほど宦官に、今日の書類をお届けにあがるつもりでございました」

これまで皇后の裁可が必要だった書類は、現在その座が空席になってしまったため、皇帝が直接裁可することになったものも数多い。したがってここ数か月、文林と真桂はかなり接触を持つようになっていた。

文林にとっては仕事が増えたのであるが、真桂にしてみれば手続きは多少増えたものの、離宮にいる皇后に裁可してもらうよりも時間的にかなり楽らしいので、彼女の負担は特に増えていないらしい。

「昼寝がしたい。閨《ねや》を貸してくれ」

要は、昼間っから共寝をしたいという意味になる。真桂が意図を正しく読みとらないわけもなく、底冷えする声で一言。

「……まあ」

「まあ」というのは実に汎用性《はんよう》のある言葉で、声音によっては恥じらいも表せるというのに、この「まあ」は「死にさらせ」という意味が込められていた。音感が優れていなくてもわかる。

眼差しが力を持つのであれば、今ごろ文林は真桂の望みどおり全身凍りつくか、突然発火していたであろう。

しかし真桂にそんな特別な力がなくても、文林は自分から持ちかけておいて、女と距離が近いという事実にすでに鳥肌が立っていたので、真桂の望みは十分の一くらい文林が自主的に叶《かな》えてくれていたといえる。

さすがに二人して、服を脱いで寝台に潜りこむということはなかったが、文林は寝台に腰かける真桂の膝《ひざ》に頭を乗せて横たわった。

文林は腹の内容物がぐるぐる回転するのを感じていたし、真桂は真桂で雑に文林を扇《あお》いでいる。彼女が手に持つ団扇《うちわ》が、文林の顔面に当たるか当たらないかのところで掠《かす》めつづけるのは、間違いなくわざとである。

する側もされる側も嫌。

こんなに不毛な膝枕は、史上稀《まれ》である。

もちろん文林だって、こんなことをなんの思惑もなしにやるわけがない。特に今は。

——賢妃、そのままで聞け。

文林は極限まで押し殺した声で言う。

聞いた真桂の手がぴたりと止まり、再び扇ぎだす。

今度は文林の顔を掠めることがないので、文林はちゃんと意図があってこんなことを命じたと理解したようだ。

——茹昭儀は姉王女を暗殺した可能性がある。お前の伝手《つて》からも探れ。

文林のささやきに、真桂ははっきりした声で返す。

「まあ、そのようなことを仰せになりたくて、わざわざこちらに誘われましたの？」

今度の「まあ」は恥じらいに満ちていた。もちろんわざとである。

——万一にも人に聞かれたくない。

「たしかにわたくしも、聞かれたくありませんわ」

傍目《はため》には睦言《むつごと》をささやく男と、恥じらう女に見えるであろう。もし見ている輩《やから》がいたとしたら、であるが。

——頼んだ。

「大家のお言葉を拒めるようなわたくしでしょうか？」

淑《しと》やかに微笑《ほほえ》む真桂に、文林は微笑みかえすことはできなかった。

ここでついに、我慢の限界に達したからだ。

「う、ぉえっ……」

文林は吐いた。

真桂の膝に思いっきり。

美形だって吐くときは吐く。というか吐くのに顔は関係ない。

さっき吐けるものはだいたい吐ききってしまったせいで、真桂の前で戻したのは、ほぼ胃液だけだったが、それがなにかの慰めになることはなかった。どちらにとっても。

「きゃあぁ！　大家！」

もちろん真桂は、団扇を投げだして大絶叫した。

しかしさすがに文林相手でも、目の前で嘔吐した相手を団扇みたいに投げだすことはなく……いや、そもそも相手は皇帝である。

真桂はとっさに毒物の可能性を考えたようで、まずそっと文林を横たえ、吐瀉《としゃ》物で喉を塞《ふさ》がないように横向きにさせてから、大慌てで人を遣《や》って医師を呼びにいかせた。

それがたとえ、自分に疑いがかかるかもしれないという保身のものであっても、妃嬪《ひひん》としては満点の対応である。

文林にしてみれば、自分から離れてくれたほうがよほどありがたかったのだが、事情が事情だけに到底口にすることはできなかった。

そもそも文林は胃液で喉をやられたうえに、心を開いてもいない年下の女の膝に吐いたことについていたく矜持《きょうじ》を傷つけられて、口を開く気力もなかった。

せっかく頑張ってたくわえた髭《ひげ》も、吐瀉物でかぴかぴになっていた。

※

父が不幸な目にあっていてほしいと、嬉児《きじ》は祈っていたところだった。

特に深い理由はない。

さっき畑に芽吹いた新芽をほじくりかえしていた鳥の羽が、それはもう黒々としていたのが父の髪を思いださせたので、石をぶん投げて鳥を追いはらったついでに、なんとなく祈ってみただけだった。

「あらあ、芽、だいぶやられてしまった?」

少し離れたところから問いかけてきたのは、嬉児が「姐《ねえ》さん」と呼ぶようになった李桃《りとう》(本名不明)だった。

見るからに貴婦人だった彼女は、所作こそ上品さが残っているが、だいぶ村生活になじんでいた。両手で抱えている大きい籠《かご》とか。

「そうでもない。でもまた戻ってくるからどうにかしないとね」

嬉児が答えると、桃はうなりながら、片手で目頭を押さえた。

「うーん……」

やけに深刻そうな反応であるが、これは別に嬉児の言葉に対するものではない。悟った嬉児は慌てて桃の手から籠を取りあげる。

「あ、姐さん、また立ちくらみ? かがむ?」

目頭を揉《も》む彼女に、嬉児は問いかけた。

「毎日一、二回は来るわね……」

桃はぼやいたが、「大丈夫よ」と返してくる。

彼女が無事に男の子を出産してから、一か月間半ほど経《た》っていた。

「子どもを産むのはたいへんなことね……まあ、しばらく動いていなかったせいだというのもあるのでしょうね」

産後一月ほど、彼女は体を休めていた。それは実に徹底していて、部屋に閉じこもって決して外に出ず、冷たいものを飲み食いせず、髪の毛も洗わなかった。そしてそれを、他の者たちは皆疑問に思っていないようだった。きっと当たり前のことなのだ。

そうすることがこの地方だけ、あるいはこの国だけの慣習なのか、はたまた世界全般の常識なのかまでは嬉児にはわからない。

以前は宮城で一流の教師の下で学んでいて、しかもかなり出来るほうだったと思うのだが、こんなことはまったく学ばなかった。

世の中の大多数の人間が把握している習慣だとか風俗だとかを知っているのと、世の中の一握りの人間が知っている知識を持っているのは、どちらが偉いのだろう。

両方知っているほうが偉いというかすごいのは間違いないのだが、今の嬉児は後者のほうをより知りたいと思っている。自分の生死に直結するし。

それはそれとして、女性が出産するのはたいへんなことなのだなと嬉児は思った。お産の時の絶叫を聞いただけでもわかるが、あれほど休んだのにもかかわらず、まだ不調が目立つというのだからなおさらだ。

——自分を産んだ人も、そういう辛《つら》さを経験したのだろうか。

そんなことを嬉児は思うことがある。

そうだとしてもあの人に対して、情が戻ってくるということはないのだが、彼女の自分に対する接し方に納得してしまうところもあるのだった。

——これだけ苦しんで産んだのだから、そのぶんの利益を返してもらわねば。

あの人はああいうことを考える人だった。いや深く考えることもなく、それを当然と考える人だった。

「はあ、いつまでもこんな調子なのかしら」

ぼやきながら桃が立ちあがる。

「もう動いていいの？」

「ええ」

籠を受けとろうと手を伸ばしてくる桃に、嬉児は「いいよ、私が持つから」と押しとどめて、歩きはじめる。

「家まででいいんだよね？」

背後で桃がくすりと笑う。

「悪いわね。でも鳥のことはいいの？」

嬉児は畑のほうをちらっと見てから、目線をまた前に戻す。

「よくはないけど、どうすればいいか私にはわからないから……おじいさんたちに聞かないと」

「……ああ、そうね」

桃の返事は、一瞬だけ遅かった。

おそらく彼女は嬉児の出自について、ある程度のことは聞いているのだろう。どこまで知っているのかはわからない。けれど嬉児が彼女の身分について見当をつけている程度のことは、わかっているはずだった。

まちがいなく、農作業に従事したことがない家の出であること。そして幸せないきさつでここにいるわけではないということも。

知られていることを理解していて、それでもお互いなにも聞かないという嬉児と桃の関係は、妙に穏やかな緊張感をはらんでいたが、嫌なものではないと嬉児は感じていた。

「手が空いたから、お供えの花を摘めるんじゃないかな？」

話を変えると、桃は薄く微笑んで「そうね」と返す。

彼女は阿嬌《あきょう》の母の供養に余念がない。毎朝まず位牌《いはい》の掃除を行ってから祈りを捧《ささ》げ、特に節目の日には率先して紙銭を燃やしたり香を焚《た》いたりしている。

「あ、ほら」

嬉児は桃のほうを振りむいて、前方を指さす。そこには名もなき……というか、嬉児が名を知らぬだけの小さな花が咲いていた。

「そろそろ花の時期も終わるわね」

道の端にかがんで花を摘む桃に、嬉児は「冬は剪紙《せんし》なんてどう？」と提案する。

「いいわね。梅の花でも切ろうかしら。もし糸が手に入るなら、刺繍《ししゅう》もできるけれど、それは供えてもいいのかしら……」

「どうだろう」

話の端々から教養だとか遊びだとか、相手にそれなりの階級におけるたしなみがあることがわかる。相手もわかっているはずだ。決して核心に至らないが、お互いの背景を知る言動を一つ聞くたびに、傷の舐《な》めあいめいた連帯感を抱く。

阿嬌に対するものとはまったく違うが、嬉児は桃に対しても確かに親しみを覚えていた。

「じゃあ帰ろう、姐さん」

阿嬌が桃の子どもの面倒を見ながら、家で待っている。


女は桃さん、と呼ばれることにもだいぶ慣れた。

「姐さん」と呼ばれるのには、もっと慣れた。

多分そのうち「母さん」と呼ばれるようになっても、そのことに慣れるのだろう。

そう呼びかけてくれるはずの人間がまだ泣くことしかできないので、あと数年は先の話になるが。


出産を終えた桃は、自分でも思いのほか穏やかな日々を過ごしていた。

先日生まれた息子が誰に似ているのかは、まだわからない。生まれる前は、夫の子かそうでないのか悩むのだろうと思っていたが、産んでしまったらもうそれどころではない。

我が子が無事に生まれたことだけで、お腹いっぱいである。

あの時は、死ぬかと思った。

産後真っ先に確認したのは、自分の体が縦に真っ二つに裂けていないかということだった。裂けてないのはおかしいと未《いま》だに思っている。

それに子どもも、小さいとはいえあれほどの大きさが自分の体の中を通ってきたのだ。自分の股《また》が裂けると思ったのと同じくらい、子どもも自分の頭が潰《つぶ》れると思ったに違いない。

我が子に対する愛情が自分の中にあるのかどうか、桃は未だにわかっていない。だが同じ苦難を乗りこえた同志として、強烈な仲間意識は抱いているし、その連帯感だけでこの先やっていけると思っている。

毎日夜に授乳のため起こされる度に、決意が揺らぐが。

産婆が言うには、体を鍛えていない人間は難産になりやすいということらしい。ついでに「全身裂けた！ 裂けたの！ 裂けたから！」と絶叫する桃に、「人間は最初っから、足から股まで体の半分裂けてますわいわはははは」などと笑いとばしてきた。

その下品なのかなんなのかわからない冗談はともかくとして、運動不足は難産になるという言葉があまりにも印象に残りすぎてしまった。おかげで今後特に誰かの子を産むつもりもないのに、桃はなるべく体を動かすようにしている。

以前の自分だったら、多分違う反応をしていた。生まれた直後に確認するのは、自分の体が裂けていることではなくて、生まれた赤子が男なのか女なのか、夫に似ているのかということのはずだ。

産後も乳母の管理だとか、次の懐妊に向けての療養だとかに余念がなかったに違いない。

なお今のところ、誰かに似てるということは桃にはよくわからないし、あまり気にしていない。

桃さん、姐《ねえ》さんと呼ばれるのに慣れれば慣れるほど、今の自分は皇后であった自分から、どんどん遠のいていく。

かまわない。自分はあの自分を置いていく。

※

寛と康の二国でもっとも尊い女は、今悲嘆にくれていた。

つい昨日までは喜びに満ちていたというのに。

立后からまもなく、梨后《りこう》は再び懐妊した。家族三人で大いに喜んだものだ。一人はまだ喃語《なんご》しか話せぬ赤子であるが、父母の喜ぶ顔を見てきゃらきゃら笑うさまが愛《いと》おしくてしかたがなかった。

けれども、流れた。

あっという間だった。

長男を産んでからまだ日は浅かったし、産後の目まいもまだ頻繁に感じていたところの懐妊だったから、無理は一切していなかった。

昨日は夫である皇帝がこちらに渡ってきたが、もちろん大事な時期に性交することはなく、二人寄りそって眠りについただけだった。

梨后を起こしたのは激しい腹痛だった。慌てて身を起こそうとすると、頭の中身が消え去ったかのごとくふらつき、目の前が真っ暗になった。

ここで夫が目を覚まし、梨后にかかった掛布を払い落とし……大声で人を呼んだ。

梨后が覚えているのはそこまでだ。

目覚めたときには気づかわしげな顔の女官と、医師が梨后の顔を覗《のぞ》きこんでいた。

「娘娘《じょうじょう》、お目覚めになりましたか！」

「寒い……」

目覚めるや否や、寒気と震えに襲われて、梨后はかちかちと歯を鳴らした。

おかしなことだ。冬はまだ遠いというのに。

「すぐ温石を！」

「はい！」

医師の指示で、女官が身を翻す。いつもならばはしたないと叱咤《しった》するところであったが、梨后はその足音を心地よく感じてしまった。

二人とも、梨后の言葉を真面目に受けとめてくれている。

それは皇后である梨后に対して当然のことであるのだが、このときの梨后はとても嬉《うれ》しいと感じた。

恐ろしい寂寥《せきりょう》感が彼女を襲っていた。まるで誰かに置いていかれたような気がした。

──誰に？

「皇上《こうじょう》は……？」

とっさに思いついた夫のことを口にすると、掛布を梨后にせっせと追加している途中の医師から「朝儀に行かれました」という答えが返ってきた。

夫は自分の義務をおろそかにしない人だから当たり前のことだ。けれどもなんだか寂しいと思ってしまった。

このときの梨后は、大量出血による貧血で頭がまったく働いておらず、自分の身に起きたことをいまひとつ理解していなかった。

「そう……」

「……皇子は？」

「先ほど乳母がお散歩に連れて行きました。今日はおかゆをたくさん召しあがりました」

戻ってきた女官が優しく告げる。彼女の手は空であった。

医師が「温石は？」と問うと、「今炉に入れてきました」と返事をして、聞いていた梨后も納得した。あれは火の中で温めなければならない。

「娘娘、ご自身の身になにが起こったかお分かりですか？」

「え……？」

「医師どの！」

問われて梨后が戸惑いの声をあげるのと、女官が叱咤じみた声をあげるのは同時であった。

──なにが起こったって……。

記憶をたどるうちに、じわじわと現実が頭に浸透してくる。

あのとき、お腹が痛くて仕方がなかった。そしてお腹には、赤子がいた。

「こ、子が……？」

震える唇は寒さだけのせいではない。

「残念ながら……」

言われたくない言葉を投げかけられ、梨后は悟った。

――あの子に置いていかれたんだわ。せっかく戻ってきてくれたのに……。

「一人にしてちょうだい……」

絞り出した声に、二人は一礼して退出した。

梨后は空になった腹に触れて泣いた。空になったということが信じられない。触ってもわからないというのに、でもここに「あの子」はいないのだ。

梨后はあの日失った姪《めい》の子を、自分が殺したあの子を、自分の胎《はら》で産みなおせると思っていた。殺さざるをえない立場として生まれてしまったあの子を、寛の皇帝夫妻の子という厚遇される立場で産みなおすのだと。

そして大事に、大事に育てるのだと。

そうすることで自分の罪は雪《そそ》がれるのだと。

康から帰還してすぐ懐妊したのは、間違いなく自分が死なせたあの子が戻ってきてくれたからだ。梨后はそう固く信じていたし、当然性別は女の子だと思っていた。

すでに女の子用の腹かけも用意しはじめていたのだ。寛風の刺繍は苦手だが、皇子のときのように頑張って覚えるつもりだった。

名前だって、あの子の名前を寛風に直したものにしてもらおうと思って、夫に願いでる機会を今か今かと待っていた。

また去ってしまった。

けれど……。

「大丈夫よ、大丈夫だから。何度でも、あなたがちゃんと生まれるまで、わたくしは頑張ってみせるから……」

梨后は何度も何度も腹を撫《な》でた。

痛ましいことだ、と寛帝は後宮で悲嘆にくれる妻・梨后のことを思った。

数日前、妻は夜中に突然苦悶《くもん》の声をあげた。まだ懐妊が判明して日が浅く、腹も目立たぬというのに、股《また》の間からおびただしい量の血を流していた。

寛帝は血を見たことがないわけではなかったが、それでも動転する光景だった。いまも眼《め》の裏に焼きついている。その衝撃が色々な痛みと混ざりあって、寛帝が妻にどのような声をかけていいのかはかりかねている。

まだ見ぬ我が子を喪《うしな》ってしまったことは、自分のこととして胸が痛む。

二度目の懐妊に大いに喜んでいた妻を思うと、家族として胸が痛む。

また政治的にも、妻の腹の子が康の継承権を持つ女児であれば、今の時期は康の併呑《へいどん》に対してよい影響力を与えられたであろうことを思うと、皇帝として胸が痛む。

すでに宮殿中に梨后の流産は広まっており、朝儀の場でも異様な空気が漂っている。康との融和に積極的だった者は落胆しているし、否定的だった者は喜んでいる。純粋に梨后を心配している人間はいない。逆に、純粋に梨后が嫌いだから嬉しいという人間はいるのが、宮殿という場の度しがたいところだった。

あれほど健気《けなげ》な女性はいないというのに……と寛帝は妻の得がたさを思い、無理解な周囲にため息をつく。

それでも彼女の健気さが、寛帝にとって都合の悪い場合もある。梨后は夫に尽くす良妻だが、悋気《りんき》が激しく、他の女が寛帝に近づくことを嫌う。

寛帝は今のところそんなところもいじらしいと思っていたが、皇帝としての仕事の障りとなる場合もあって、今目のあたりにしている仕事はまさにそれだった。

だから、彼は妻が寝こんでいる今を「助かった」と少し思っているし、その点でもつくづくこの国は、宸《しん》のように文官にも武官にも女を容《い》れることがなくてよかったと思う。

宸は人材登用の条件をどんどん緩和させすぎて、今では女性も商人も職人も迎えいれている。求める人物像を特に変えているわけでもないのに、収集する人材の基準があいまいになってしまっている感があると寛帝は思っている。

これは彼だけの見解ではなく、寛上層部のほぼ共通の見解だ。官吏同士で足並みを揃えるのであれば、ある程度共通した教育を受けている階級から人材を集めるべきだ。

寛という国は、建国以来宸の模倣によって国家の基盤を作ってきた。けれども今、文化的にはこの寛が宸を凌駕《りょうが》しつつある、と寛帝は確信している。

だからこそ坏胡《はいこ》も、決してこの国を無視できないのだ。坏胡は先の戦で宸に味方し、その褒賞として妻を迎えいれたが、それでもこちらにも媚《こび》を売ってくる。蔑《さげす》みながらも寛帝は、坏胡のへりくだった姿勢をよしとする。

「それでは、坏胡からの献上品にお目どおしを」

「うむ」

献上品といっても、それは物品だけではない。物品を捧《ささ》げもつ人間――美女たちも含まれる。だから目通しは、妬心《としん》が強い梨后が後宮に閉じこもって耳に入りにくい今が最適といえる。

なにやらこそこそと目を盗むようで嫌だが、寛帝は後ろめたく感じることはなかった。これは梨后のためなのだ。

もちろん坏胡から贈られた女に、寛帝が手をつけたことはない。それは寛帝が皇后を愛しているからではあるが、当代にかぎらずこの習慣が始まってからこれらの女を皇帝が召したことはなかった。

坏胡の女に子を産ませることに関しては、政治的な釣りあいがどうこう以前の問題で、全然食指が動かないからだ。数多《あまた》の美女を抱える皇帝の身からすると、失笑するくらいに。

臣下の誰かが望めば下賜することもあるが、そういうことは稀《まれ》で、大抵の女は後宮の片隅で衣食に困らない程度の待遇を受けつつひっそりと生涯を終える。

こちらから女を下賜した場合は、政治的に大事にしなくてはならないという建前以上に厚遇されているのだから、坏胡は美の基準がおそろしく低いようだ。

おそらく今の長が迎えたという宸の女も、大事に扱われているだろう。しかもこの女は先日、待望の男児を出産したときているのだからなおさらだ。

少なからず興味がある。寛帝は梨后をこよなく愛しているが、宸の美女というのはこの国では男たちの理想像のようなものだ。

――宸の女、か。

四十年ほど前、宸との戦の折には寛はかなり優勢で、さすがに帝都に攻めこむほどではなかったが、主要都市を一時占拠するほどだった。

そして宸軍に退けられた際に、官吏の妻女や妓女《ぎじょ》を連れ帰って妾《めかけ》にした武官は少なからずいる。当事者は大いに自慢し、当事者ではない男たちは大いにうらやましがった。妾との間に娘が生まれたらぜひ側室にしたいと、妾がまだ妊娠していないというのに願いでる者も多かったという。

宸の美女は、それほど特別な存在なのである。

そんなことに思いを馳《は》せるくらい、寛帝は目の前の献上品に興味はなかった。

このあと使者に寛の威儀を示すべく、贈られたもの以上の価値ある文物を下賜する手はずになっている。

隣接する国が寛や康と大国ばかりの宸とは違い、西側が小さな諸国と接する寛は、そういうかたちでいくつかの国を帰順させている。寛と宸の間でどっちつかずな坏胡はそれらとは少し違う立場だが、このやりとり自体には大きな違いがない。

目録を読みあげる使者の声を聞き流しながら、寛帝はその後ろの献上品にざっと目を走らせ……一人の女に目をとめた。

毛皮を載せた盆を捧げ持ち、目を心持ち伏せているが、その儚《はかな》げな美貌《びぼう》は群を抜いていた。鄙《ひな》には稀どころの話ではなく、寛帝の後宮にもこれほどの女はいない。

しかも宸風の美女だ。

寛帝だけではなく、場にいる他の文官武官も女に目が釘《くぎ》づけだ。これは後ほど下賜の願い出が殺到するだろうが、寛帝に応《こた》えるつもりはなかった。

寛帝は側近く侍《はべ》る宦官《かんがん》に耳打ちする。ここでいきなり名を尋ねると、一瞬で噂《うわさ》が宮殿を巡る。たかだか献上品に付属してきた女程度のことを妻の耳に入れて心を乱したくないので、寛帝は内密に事を動かすことを選んだ。

知りたかったことは、昼食時に耳に入った。

今日は梨后の宮ではなく、自室で昼食を食べる寛帝に、宦官があの女の名を告げる。

――衛夢華《えいむか》。

やはり宸風の名だなと思った。

※

真桂は男そのものが苦手になるくらいには、衝撃を受けていた。

皇族というほどではないが、真桂も大事に育てられた娘だ。ここに来る前は、親とその兄弟以外の成人男性とろくに接した覚えがない。

当時異母弟たちとは屋敷ですれちがうことも稀であったうえに、後宮入りする前の彼らはまだ幼かった。

また同年代である幼なじみは、真桂にとっていけすかない奴《やつ》だったので、可能なかぎり距離を置いていた……というか、この幼なじみとの結婚を真桂が避けに避けた結果が、後宮入りである。

その結果、特に好きでもない男が真桂の膝《ひざ》に、胃液をぶちまけた。

後宮での生活は屈辱的なことも多かったが、後悔したことはないし、出ていきたいと思ったこともない。けれども真桂は今日初めて、あの日に帰りたいと思った。後宮に入る前に。

皇帝の思惑はわかる。これまで入ったことのない真桂の閨《ねや》でならば、そこでの密談を想定している者は少ないだろうから、聞き耳を立てようにも出遅れるだろうと考えたということは。納得もしている。

けれどもどうせ具合が悪いんだったら、ごく普通に卓上にでも吐いてほしかったというのが真桂の本音である。

あるいは具合が悪いので、休ませてくれと言ってほしかった。そうしたら速やかに、あまり使わない客間の寝室に誘導できた。真桂の寝室よりは聞き耳が立てられる可能性は高いが、皇帝に掛布を掛ける際にこっそり指示を聞くこともできたし、なにより真桂が膝に胃液を吐きだされることもなかった。

もう真桂は自室の寝台で寝るのも嫌だし、そもそも自室に入るのも嫌になってしまった。おかげで数日間客間で寝起きしたのち、現在宮の模様替えの真っ最中である。

自腹を切るのも惜しくはないと思っていたが、実はこの模様替えのための金子は、装飾品の下賜というかたちで、間接的に皇帝が出してくれることになっている。

どうやら彼は、今回の一件について申しわけないとは思っているようだ。

思って当然だし、一生許さないけれど。

模様替えの結果、寝台の下から呪詛《じゅそ》の人形でも出てきたら、それを材料に仙娥になにか働きかけられるかもしれない……などと真桂は思っていたが、特にそんな劇的な展開はなく、しばらく見てなかった付箋《ふせん》代わりの紐《ひも》が埃《ほこり》と共に出てきただけだった。それはそれで嬉《うれ》しかったのだが。

——いや、でも使えるか……？

真桂は一考した。もちろん付箋代わりの紐のことではない。

自分も宮から呪物が出たということにして、仙娥に相談を持ちかけることで、相手に接近ができるのではないかと。

けれども真桂は、自問に対して首を振る。

——だめね。

仮に仙娥が関氏の呪詛をでっちあげていないのであれば共感を得られるかもしれないが、彼女がでっちあげていた場合は疑われるだけだ。

もしかしたら彼女の反応を見て、関氏の呪詛をねつ造したかどうかを探ることができるかもしれないが、ここまで事態が進んでしまった以上、ねつ造かどうかが大事な時期はもう過ぎてしまっている。

それに今は皇帝から、仙娥について調査するよう頼まれていることがある。腹を探りかえされて、それを悟られたら元も子もない。

呪物を発見したことにするのには絶好の機会だったのに……と残念に思いつつも、真桂はこの案を破棄した。

皇帝が真桂の宮で体調を崩したということは、後宮中に広まっている。そのおかげで彼が真桂の閨に入ったという事実は、具合が悪かったからだろうという理由づけがされ、特に騒がれることはなかった。

おおよその人間は皇帝の体調不良という知らせから、彼の崩御……そして後継のことが一挙に頭に押しよせてきて、真桂が実際に寵《ちょう》を受けたかどうかはどうでもよくなっているに違いない。

もっとも、もし本当に皇帝が崩御……ということになったら、真桂の胎《はら》に子が宿っているかどうかで、一悶着《ひともんちゃく》起きるのだろうが。

今でこそ冷静に考えられているが、かくいう真桂も皇帝が嘔吐《おうと》した瞬間戦慄《せんりつ》した。今ここで彼が崩御したら、太子と茹昭儀が産むであろう子との間で熾烈《しれつ》な帝位争いが起こるであろうことを一瞬で予想した。

そしてそれよりも、自分が皇帝暗殺の罪を問われるのか。九族全員処刑されるのか。そんなことに恐怖して、心臓がぎゅっと押しつぶされたような苦痛を感じた。比喩《ひゆ》表現ではなしに。

本当に怖かったし、もしかしたらあのとき皇帝より真桂のほうが死に近かったかもしれない。元々皇帝に対して関氏がらみで隔意を持っていた真桂だが、今回の件で個人的な理由でもそんな感情を抱いてしまった。

でも場合によっては、そんな相手でも望まれれば相手しなくちゃいけないのよね……ということを改めて認識し、自らの立場の低さを思う。

いくら賢妃とかしずかれようと、それは夫である皇帝の持つ威光に対するものであって、所詮《しょせん》自分はただの側室にすぎない。特に才人程度の身分のままだったら、どれほど変態的な命令でもにこやかに従わねばならない。

たとえば、全身を舌で舐《な》めまわして洗えと言われても。

あの皇帝は、過失で胃液を吐きかけてくることはあっても、そんなことは間違っても言いそうにないあたり、いたってまともであるとも真桂は思う。

おかしなことであるが、今回の一件で皇帝に対する心証は最悪を通りこして恐怖に足を突っこみはじめていたが、評価自体はちょっと上がった。

さて真桂と真桂の実家は、皇族のような特権を持たないが、商家ゆえの独自の伝手《つて》を持っている。

皇帝もそれを期待して真桂に調査を依頼したのだろう。そして真桂は、その期待にある程度応《こた》えた結果を出した。

下賜品を持っていくという名目で真桂の宮に来た皇帝に、真桂は嫌でしかたがなかったが……本当に嫌でしかたがなかったが、模様替えをした寝室をお見せするという名目で通して、調べさせた内容を記した紙束を渡す。

皇帝は寝台に腰かけて、紙をめくる。最近とみに体調が悪いのか頬が少しこけていて、こういうのもなんだが、寝台という場所が似合ってしまっている。

よかったら横になってくださっていいんですよ……吐かなければ、と言いたくなってしまった。

皇帝本人を少し心配してしまいながら、真桂は口を開いた。

「あくまで状況証拠にしかならないとは考えております」

真桂が調べたのは、仙娥の姉王女が病に倒れた直後の物品の動きだ。やはり薬品関係が多く、それらは多用したり組みあわせたりすると毒性を持つ。

姉王女を看取《みと》るまで世話し、そして後宮でも薬草の入手に慎重になるくらいには知識のある仙娥が、手を下したとする説を多少は裏づける。

あくまで多少は。

そう、姉王女が死んだ直後に流れた、皇后による暗殺説よりはまだ信憑《しんぴょう》性があるかな……という程度。

「充分だ。もし妹娘が姉娘を殺したという可能性が露呈すれば、茹王父娘《おやこ》の関係を裂くことができるかもしれん」

「確かに茹王が、姉姫を殺すことを許容するとは思えませんが……」

親としての情があるかどうかは別として、仙娥が姉姫を殺害した場合、得は仙娥にしかないからだ。

茹王にしてみれば、嫡出で後宮入りすることが確定した娘をわざわざ殺す理由はない。出産できそうな健康状態である次女が庶出であるため、最初に持ちかけることができなかったから……というのは、手段として迂遠《うえん》である。

それに今でこそ仙娥は昭儀として後宮にいるが、あの時点では姉姫が死んだとしても、仙娥が後宮に入れるかどうかはかなり不透明だった。

ということは、仙娥が単独で手を下したことになる……あくまでも、姉姫が本当に殺害されたのであればの話。

「それが主目的でいらっしゃいましたか」

「ああ」

得心する真桂に、皇帝は言葉少なに頷《うなず》いた。

問題はそのがばがばな論で糾弾するのは、いったい誰かということであるが……。

「お前には損な役回りをさせるが、もう少し動いてくれ」

「……っ、はい、かしこまりました」

これぱっかりはしょうがない。紅燕には多分できないから。

ここで真桂は、皇帝が持ってきた下賜品に思いをはせる。模様替え代にちょっと色をつけたくらいの品を持ってこられたので、この前の迷惑代かと思ったのだが違うようだ。

これからかかる迷惑代として受領するやつだ、これ。

※

――ついに来ちゃった、この日が……。

真桂はため息をついた。隣に座す紅燕が、どうしたの？　と小声で問いかけてくる。最近隔意を持っている相手ではあるが、こういうところは好き……なんて思ってしまった。

ここで自分の思考が常になく短絡的なのに気づいた真桂は、疲れてるんだなと思い、そして紅燕にもそう返した。

疲れている――だいたいの状況の言いわけになる便利な言葉であるし、言いわけが必要な状況は、だいたい本当に疲れているものだ。

「そう……あとで滋養のあるものでも持たせるわ」

「ありがとうございます」

それにしても物語でよくある、なにかと申しぶんない立場の人間を、弱い根拠で糾弾する者は恥ずかしくないんだろうかと真桂は思った。

なぜなら今、真桂が恥ずかしいからだ。

茹仙娥というのは、模範的な妃嬪《ひひん》である。後宮での女の評価基準は皇帝の寵愛《ちょうあい》と、懐妊したか否かであるが、それを除いたとしてもそつがない。

唯一、妊娠を発表するちょっと前から妊娠初期まで、大蒜《にんにく》の類《たぐい》を好んでよく取りよせていたことについては、妊婦としてあるまじきこととは言われている。よい子を産むためには心身を清らかにする必要があるので、強い匂いのものは避けるのだ。

けれどもそれは一時のことで済んだ。だから、おおむね好意的な空気が漂っている。

——妊婦にありがちな、味覚の変化だったのだろう……。

——ほんのちょっとくらいなら、目くじら立てることもないのではないか……。

——あんなしっかりした方にもそんなところがあるのか……。

こんな感じだ。ただしこの評価について真桂に教えてくれた徐麗丹は、仙娥に対して全然好意的な様子ではなかった。毒について体を張って、まだ完全に復調できないくらいなのに、未《いま》だに尻尾《しっぽ》のしの字も摑《つか》めないからだろう。

そのささいな味覚の変化を除けば、仙娥はいたって医師の言うことをよく聞き、胎教にも余念がなく、近ごろは宦官《かんがん》に命じて自分の前で古今の名著を読むよう命じている。

宦官とはいっても、賢恭のように武功をあげる者もいれば、学者としてひとかどの者もいる……というか学者になりたくても金がなくて、道を閉ざされるよりはと仕方なく去勢した者がいる。

このように単純な生活苦以外の理由でも宦官になる者は多くて、むしろ沈賢恭のように自発的ではなしに宦官になり、そのうえで武官として身を立てた例はあまりない。

さて、学識ある宦官たちは自らの学究のかたわら、下級の妃嬪に教養を叩《たた》きこむが、真面目に受ける者はあまりいない。

ただ妃嬪内でも揶揄《やゆ》まじりに「女学者」と呼ばれる真桂などは、ときおり彼らを自分の宮に呼びよせて論戦を交えて楽しんでおり、相手のほうも歯応《はごた》えのある真桂とのやりとりを楽しみにしているから、真桂には好意的である。

こういうところでも伝手とは構築されるもので、真桂が後宮内の事務処理を滞りなくすませられるのは、もちろん彼女の能力的なところは大きいが、真桂の「論客」たちが協力的なのもあるからだ。

人脈とはどんなところでも生まれ、そして生きる。真桂の宮に仕えている宦官は、この「論客」たちの弟子が多いのも、人脈がさらに生みだした人脈である。

話が少しそれた。

これは別のことを考えたいという、真桂の欲望のせいかもしれない。

彼女は実に模範的な「妃嬪」で、その様を見ていると真桂は心に妙にちくちくしたものを感じる。単に不愉快というわけではない。

「普通の妃嬪」と違うことに胸を張っていたのに、「普通の妃嬪」の特権や贅沢《ぜいたく》を享受している自分に疑問を持っていなかったことを、最近はよく考える。

「さ、そろそろ来るわよ」

「はい」

紅燕に言われ、真桂は背筋を伸ばした。

皇后が不在なため、現在妃嬪たちは、なにか話しあいをする際に貴妃《きひ》の宮に集められている。また高位の妃嬪どころか妃嬪自体の数が少ないため、二十七世婦《せいふ》も集めるようにしていた。

定刻に向けて妃嬪たちが集まる中、茹昭儀は時間に少し余裕を持って現れた。妊娠中の彼女は、よほど体調が悪くないかぎりは欠席しないし、つわりが落ちついてしばらく経った今は、真面目に出席している。

「ではよろしいでしょうか、貴妃さま」

司会役の真桂が、最上位の紅燕に伺いを立てるかたちで始める。紅燕は鷹揚《おうよう》な様子で頷いた。

「まずは元宵節《げんしょうせつ》の……」

打ちあわせのあとは、茶を飲みながら雑談に興じる。妃嬪はどんなときでも顔に笑みを貼りつけているといっても過言ではないくらい、表情に信憑《しんぴょう》性がない。だが身分の低い二十七世婦の中にはここで出される上質な菓子や茶を心から楽しみにしている者もいるようで、今の笑顔には屈託のなさがなんとなく漂っている。

話題の中心はやはり懐妊中の仙娥や、場でもっとも上位の紅燕で、他の妃嬪たちも話題を持っていくようにしていることが見え見えだった。

以前紅燕が、「接待されている気がするの」と真桂にぼやいたことがある。

意外なことに、こういう場で仙娥との間でぎすぎすした空気が漂うことはない。仙娥は自分から関氏の話題を持ちだすことはなく、紅燕も真桂も同様だからだ。このあたり、やはり元淑妃である司馬氏とは一線を画している。

問題は、他の妃嬪が関氏の名を出してしまう場合だ。

そうなると、関氏のことを「娘子《じょうし》」と呼ばないことすら嫌がる紅燕は当然激高するし、仙娥はそれをたしなめたり関氏のことを口に出した妃嬪をかばったりするし、真桂は紅燕がへんに言質《げんち》をとられないようなだめたり場をとりつくろったりするしで、場は一気に神経を引きちぎるような緊迫した世界となる。

そしてどう見ても紅燕が理不尽で、仙娥が寛大に見えてしまう。真桂は……どう見えているのだろう。あまり考えたくない。

さすがに妃嬪たちもわかっているようで、今日は真桂がそういう問題で奮闘する必要はないようだった。おかげで話題を自分の意図どおりに制御しやすいが、気が乗らない仕事なので少し残念な気がする。

妃嬪たちは先ほどの打ちあわせの話題であった元宵節のことについて、和気藹々《わきあいあい》と話している。新年が近いとやはり心が浮きたつものだ。

真桂は仙娥に話しかける。

「……ときに茹昭儀、元宵節のころは宮から出ないほうがいいのではないかしら？」

「え？」

怪訝《けげん》な顔をしたのは、仙娥だけではなかった。

「ちょうど梅が咲きはじめるわ。お姉さまのように、体を壊してはたいへんだわ。今は一人の体ではないのだもの」

仙娥の姉王女は、嫁ぐ前に梅を見たいと言いだした結果、風邪をこじらせて亡くなった。その結果、仙娥が後宮に入ることになったのだ。

「……お気づかいありがとうございます」

仙娥は顔を曇らせる。

真桂はわざとらしく、頬に手を当てて思案顔をしてみせる。

「それでも体を壊すことはあるかもしれないわね……もしそうなったら、世話をさせる人間には気をつけなさい。人によっては命とりになるから。後宮にだって体に悪いものはたくさんあるわ。ご実家と同様に」

暗に……というにはあからさまな態度で、真桂は姉王女の命をお前が奪ったのではないかと糾弾してみせた。


仙娥の表情が変わった。

呆《あき》れの形に。

案の定といえば案の定。真桂の糾弾は、仙娥からの「なに言ってんだこいつ」という目で受けとめられたのであった。

「才女と名高い賢妃さまとは思えないお言葉ですわ」

この言葉がもっとも真桂の矜持《きょうじ》に傷をつけた。なぜなら今、なにより、自分がそう思っているからだ。こんな与太話、自分が口にするなんて。

これで自分が自分の意志で「そう」思わせようとしているのであれば、言われてもなんの痛痒《つうよう》も感じなかった。

他の妃嬪がくすくすと笑うし、紅燕はなにやら残念そうな顔でこっちを見てくる。真桂の「論客」たちの耳にもこのことが入ったら、さぞかしがっかりされるだろう。

真桂は頭の中で、関氏のことを思い浮かべる。今最も屈辱を受けているのはあの方だから、それに比べればこれしき……なんて、殊勝なことは考えない。

この屈辱を乗りこえれば、あの方と自分の屈辱をそっくりそのまま……いや倍にしてこの女に押しつけてやることができる！　いや、絶対にそうする！　という執念を心の糧にして、真桂はにっこりと笑う。

対する仙娥は眉《まゆ》をひそめた。

「そのような……状況を深読みしたとしか思えないやり方、あまりにも不自然では？」

「あら……関氏が戻ってきた時期に呪物《じゅぶつ》が見つかったというだけで、廃后に追いやった方の言いようとは思えないわ」

真桂の言葉で、場が凍った。

ここしばらく立場をあいまいにしていた真桂が廃后・関氏側であると、少なからずの人間が認識したはずだ。

そして妃嬪の中には、確かにそうかもしれない……と頷《うなず》く者が現れはじめた。かといって真桂は、味方ができたと心強く思いはしなかった。

彼女たちは自分のおつむで、もう少し考えたほうがいい。事態を単純に表現したからそう思えるだけで、実際はもっといろんな要素が混じっている。

「……わたくしは天地神明に誓って、姉である茹王女を殺害してなどおりません」

「そうかもしれないわね。あくまで茹王府《おうふ》にある物品に危険なものがあるというだけで、昭儀がお使いになったとはかぎらないもの」

ここで一拍間を置く。

暗に他に犯人がいるということ……茹王が犯人ではないかと、仙娥を挑発する。

仙娥の顔がみるみる怒りに染まった。自らへの侮辱は受けながすことができても、親への侮辱は別なのだろう。

気持ちはわかる。真桂のように自ら父を蟄居《ちっきょ》に追いやった娘であっても、父を侮辱するような言葉を聞いたら、絶対に相手を失脚させてやる。

仙娥が口を開く。

「無礼な！」

……と彼女が言う前に、真桂は申しわけなさそうな顔をした。

「ごめんなさいね、邪推しすぎなのかもしれないわ。もしかしたら、家中《かちゅう》に故人を異常に慕う者などいなかった？　いえね、以前知人の家でそういう事件が起こったことがあって……あれは痛ましい話だったわ。もしそのような者がご実家にまだいるのだったら、里帰りのおりに昭儀の体に危険が迫るのではないかと、わたくし愚考したのよ」

早口で、いかにも嘘《うそ》らしく言う。途中、わざとらしげなため息も忘れない。実際、知人云々《うんぬん》の件は嘘である。

仙娥も口早に、無表情に言う。そうすると実に冷ややかな顔になる。

姉とはまったく違う。

「実家にそのような不埒《ふらち》な者はおらぬと存じますが、お気づかいくださりありがとうございます。念のため調べてみますわ」

真桂は仙娥に会ったときから、おそらく茹王家の姉妹の関係には、なにかがあるのだろうなと思ってはいた。それは紅燕の話と食いちがっていたからだ。

紅燕は茹王家の姉妹と会ったことはなかったが、姉王女の絵姿は見たことがあるのだという。咲き初めの春の野花のようにたおやかで儚《はかな》げな様子だったとか。そして添えられた手紙に、「妹はわたくしとよく似ているのです」と書いてあった。

なにかの折の雑談で、紅燕は真桂にそんなことを話していた。したがって紅燕はもちろん真桂も、仙娥に会うまではそよ風の前にも倒れそうな華奢《きゃしゃ》な娘を想像していた。

だが実際に現れたのは、少し冷たそうに見える美貌《びぼう》、背はすらりと高く、柳のしなやかさを連想させる体の女性ときた。

なんなら替え玉説が一瞬頭をよぎったが、発覚したらたいへんな問題になるうえに、茹王家にそうするだけのうまみはない。なにより片親が違うのだから、似てなくてもおかしくないが、似てないほうがより自然だ。

また実際に替え玉だとしたら、本人に似た者を選ぶはずだ。したがってもし本当に王女姉妹がよく似ていたら、替え玉は可憐《かれん》な少女となるはずで、つまりは容姿がかけはなれているということは、本物の妹王女であることの裏づけになる……真桂は瞬く間に、それだけのことを考えたのだった。

また後で紅燕と二人きりになったときの、「そういえばあの王女、妹を溺愛《できあい》してたから……」という遠い目で、真桂はそういうことかと思ったのだ。姉王女は、手紙からでも察せるくらい手放しに妹を大事にしていたらしい。

姉妹の仲がよいことは、どの方面に対してもまったく問題のないことだと真桂でも思う。けれども自分も姉である身として、庶出の妹をそれくらい可愛《かわい》がる心理は、真桂にはちょっとわからない。

自分に人の心がないからといえばそれまでだが、それにしても病弱な自身と違い至って健康で、なおかつ嫡出の自身のことを差し置いて家中の差配も任されている妹を、そこまで可愛がれるものだろうか。

姉王女がよほど人間ができていたか、単に怠惰だったか、可愛がっているふりをしていたか、あるいは妹がよほどかわいそうだったか……もし後者二つのどちらかだとしたら闇が深い。

その中でも三つ目の理由だとしたら、はてさて姉王女は妹王女のどういうところがかわいそうだったのだろうかと、真桂は趣味の悪い想像の翼を羽ばたかせている。

「わたくしの取りこし苦労だったらよいのだけれど」

言いながら真桂は、場にいる妃嬪《ひひん》たちにちらりと目をやる。人を悪趣味に楽しませそうな噂《うわさ》を、いかにも振りまきそうな者たち。

「わたくしもそう思います」

無表情なままで仙娥が言う。

真桂はいかにも気づかわしげに笑ってみせる。

種は蒔《ま》いた。あとはどう芽を出すか待つだけだ。

話しあいが終わり、集められた妃嬪たちが、自分たちの住まいに三々五々戻っていく。

気分が悪くなる仕事を終えた真桂も、さっさと自分の宮に戻ろうとする。しかしそれを紅燕が呼びとめてくる。

「どうなさいましたか貴妃《きひ》さま」

「例の知人の話ってどんなの!? あと、今厨房《ちゅうぼう》から疲労にいい食材を持ってこさせるから、ちょっと待ってなさい！」

「あれは作り話です。それからお気づかいありがとうございます」

まさかあんな与太話に、この子が食いつくとは思わなかった。

ここで真桂は、ふとひっかかりを覚える。

「あら……」

「どうしたの？」

「貴妃さま、覚えておいでですか？ 茹王の姉姫の姿について、わたくしにお話をしてくださったときのこと」

「ええ……？ ああ、そんなこともあったわね。昭儀と会ったときは、想像と全然違ってびっくりしたわ」

「あのとき、関氏はおいでだったかしら」

真桂が言ったとたん、紅燕はむっとして「娘子《じょうし》とお呼び」と言いながらも、「おいでではなかったはずよ」と答えてくれた。

はて……。真桂は首を傾げる。

仙娥との初対面の際、容姿を知らなかったはずの関氏も驚いた顔をしていたのはなぜだったのか。

※

「ご無沙汰《ぶさた》してます」

洗濯場にひょっこり現れた清喜に、小玉と綵はとっさに相手の服装を確認した。

袖《そで》や丈を少し持てあましぎみに見えたものの、ちゃんと宦官《かんがん》の服だった。

仕事を途中で投げだすと叱責《しっせき》が飛ぶので、今洗っている服を急いで干して、洗濯場の隅っこに向かう。

上役の目から完全に離れてしまったら怒られるだろうが、目の届く範囲で少しくらいなら大丈夫だろう。今日の割り当て分の洗濯物は、すべて洗える見込みであるし。

「元気って聞いてたけど、本当に元気ね」

「さすがにあの服、没収してもらえたんですね」

「没収してもらえたって表現、なんかおかしくないですか？　復卿さんの形見は、ちゃんと大事にしまってますよ。これは親切な人がお下がりをくれたんです」

お下がりで、なおかつ宦官の服ということは……。

「あ、前の同僚の差しいれですか？」

小玉が思ったことを綵が言ってくれた。

しかし清喜は、首を横に振る。

「いえ、その人たちとは没交渉の極みです」

「え、仲のよかった連中は？」

「ほとんどいないですよそんな人……それに親切でどうにかしてくれるような人は、後宮ではやっていけないですね」

実は意外なところで同情心を抱かれていることを知らない清喜は、そんなことをのたまう。

「そういえば前、そんなこと言ってたね。友達いないって」

そして小玉は、あっさり納得した。

実際には紅霞宮の同輩で清喜と仲がいい宦官もいたはずだが、あくまでもそれなり程度。なにより彼らは立場的に今、清喜と接触できないはずである。

「……うん、率直に言われて、ちょっと傷ついている自分に驚いてます。やっぱり僕、繊細だったんだなあ」

「繊細？」

「繊細の定義とは……」

小玉と綵は独り言のふりをして、清喜に聞かせるためにちょっと大きな声で言いあったが、当然清喜に無視される。

「ま、おかげで巻きこまれる人が少しでも減ったと思えば、まだ……」

「それもそうだ」

小玉の宮の者たちは、清喜一人が奴婢《ぬひ》として落とされたことで責任をとったこととし、他は全員降格処分となっている。もちろんこれは離宮で療養している女官たちも含む。

これはひどい措置ではない。むしろ格段に寛大なものである。

常ならば全員殺される。多分これは文林よりは麗丹のほうが奔走したんだろうなと小玉は思っている。そのへん小玉は、文林や麗丹を正しく評価しているつもりだ……あくまで、高く評価しているわけではない。

けれども、量刑があまりに軽すぎるので廃后・関氏に荷担しているのではないかとして、茹昭儀側が麗丹を弾劾しかねないのだという。

だから現在の麗丹は小玉のために動かないどころか、小玉への労役をより厳しくするようにと進言しているのだという。紅霞宮の者たちへの温情と、小玉に対する態度はまったくの別物であるということを見せつけるために。

率直にいえば、なんか腹立つなとは思ってる。

そうすることの重要さはわかっているつもりだ。自分が罪に問われることで、紅霞宮の者たちは誰にも守られることもなく殺されるはずだった。百人どころの話ではない。場合によってはこの者たちの家族の命にもかかわっていた。

考えるまでもなく、小玉と紅霞宮の者たちならば麗丹は後者を優先する。というか、後者のために前者が犠牲になったとしても、まったく問題ないと思っているはずだ。

感謝もしている。けれども罪悪感のかけらもなくそうしているだろう彼女を思うと、いらっとするものがある。

理不尽なものだ。本来ならば自分が守らなければならない者たちを、力及ばず守れなくて、それを肩代わりしてくれている人間には、混じりっけなしの感謝を捧《ささ》げるべきだというのに。

それこそ自分のことよりも優先してくれていいと思うのに、いざそうされると思うところがあるだなんて。

人間なんてそんなものね……と悟ったようなことを思える時期は、だいぶ前に小玉に訪れて、そしてもう過ぎつつある。年をとればとるほど落ちつくというのは、万人には当てはまらないらしい。あとそのとき置かれた状況にもよる。

今の小玉は単純に腹が立っているし、そんな自分にもむかついている。

小玉はちっと舌打ちした。お行儀が悪いが、綵も清喜も特に指摘しなかった。

「清喜さん、なんでここに出入りしてるんですか？」

ごく自然に現れたので、問うべき内容を後回しにしてしまっていたが、確かに清喜がここにいるのはおかしい。

「お使いです。今の上役に頼まれて、ここの万さんに届け物を」

「そうなの」

さっきから万氏が特に口出しすることもなくこちらを見ているのは、そのせいでもあるのだろうか。見た目老婆に見える彼女は、実際老婆といえる実年齢であるが、それでも見た目よりは少し若いのだという。

清喜の言葉を聞いて、綵が少しだけ声を弾ませる。

「でしたら今後もこちらに立ちよること、ありそうですね」

「そうですねえ」

身も蓋《ふた》もなくいえば清喜が特に役立っているわけではないが、やはり身近な人間にこまめに会えそうだというのは嬉《うれ》しい。

彼がここにいれば人間関係について大いに役に立ってくれたのだろうが、元々ここにいてはいけない人間なので今回ばっかりはそうはいかないんだよな……と小玉はちょっと残念に思った。

「それじゃあ僕、戻りますね。顔を見られてよかったです」

「はあい」

「じゃあね」

顔なじみが別れるとき程度の気安い挨拶《あいさつ》で、話は終わった。

信じられるだろうか。

これが国で一、二を争うくらい高貴な地位から、最下層に落とされた女と、その巻《ま》きぞえを食らった部下たちの会話である。

その日の夜、小玉に万氏が接触してきた。

てっきり清喜との立ち話の件で、やはりなにか注意されるのかと思ったが、それにしては人目を忍んでいるところがおかしい。ここは叱責に時と場所を考慮するような、出来のいい人間たちは集まっていないはずだった。

あとその件で呼ばれるのであれば、絲も一緒に呼ばれるはずで、小玉は一人呼びつけられたことを多少訝《いぶか》しんだ。

それでも万氏の言葉を待つ小玉に、彼女はいきなりこう言ってのけた。

「あんた、外とつながってるんだろう」

「は……？」

とっさに、なにを言ってるんだという顔をできたので、対応としては上々である。

「少なくとも、食べ物は援助されてるんだろ。汲《く》み取りの連中が、あんたたちの小屋近くの便が、やけにご立派だって笑い話しててね。ほらどっかの国で昔、皇后が糞《くそ》の大きさで選ばれたって話あるだろう。さすがに一度でも皇后になった女はご立派だねって」

「………」

意外なところでというか、そんなところで気づいて欲しくなかったというところで気づかれた。

小玉が無言だったのは図星を指されて驚愕《きょうがく》したからというより、どう反応すればいいのかわからなかったからだ。あとたしかにそんな伝説、聞いたことがある。排泄《はいせつ》物をまじまじと眺められたことについて、複雑な気持ちではあるがそこまで恥ずかしくはない。そんなことを気にしていたら武官として云々《うんぬん》……以前の話で、排泄物は身近なもので、薬品の材料として使われることもあれば、便を舐《な》めて身体《からだ》の調子を知るという診断方法もある。

それにしても、だ。

それは盲点だった……と、気づかなかった自分を責めたいけれども、「いやこれは気づかないって」と自分を慰めてやりたい気持ちもあって、とにかく小玉の心中は複雑だった。

昼間小玉たちが働く場所近辺には、豚小屋に併設されたきちんとした厠《かわや》が設置されており、排泄物は豚が食べてくれる。

だが居住区域についてはそこまで配慮がなされておらず、一定間隔で粗末な厠（という名の、ほぼただの穴）が設置されている。小玉たちも夜はそこを使っているので、行動範囲からどこの穴で誰が用を足しているかはほぼ特定できてしまう。

ここは最低限の衣食が保障されている。だがそれは建前であって、中でも特に食料が不足している。そこで有志が、時間と土地の隙間を使って野菜を作っていた。その際肥料として自由に使えるのが、居住区域の厠の排泄物である。

今時分はもうあらかたの収穫を終えてしまっているが、下肥は熟成が必要なので来年に向けて有志は今も厠を掃除するついでに回収に回っている。

来年もここにいるとしたら、自分も手伝えるのではないかと小玉は思っていた。なんなら今年からでも、収穫された野菜で得意の漬物づくりの腕を発揮する心の用意はできている。

だが未《いま》だにここの女たちとの関係が疎遠なせいで、申し出る以前の問題だった。

「まあ口止めはしといたよ。『かつては尊い身分で、罪を得たとはいえ信奉する人間も多いときてる。いくらご立派な便が事実だとしても、嘘《うそ》つきの悪口だと思われて厄介ごとに巻きこまれたくないだろ』って」

なんか前提がおかしい。仮に嘘じゃなくて事実だとしても、この類《たぐい》の話題は立派に悪口である。でもひっかかることもある。

「厄介ごとに巻きこまれるかもしれないと思ってるんですか？」

万氏はにやりと笑った。

「あたしたちはあんたがいつか返り咲くと思っているから、なにか嫌がらせしたら後での報復が怖いのさ」

「返り咲くなんてかぎらないでしょうに」

「少なくとも、巫蠱《ふこ》でここまで軽い罰で済んだ例をあたしは知らない。本人は死なず、身内も死なず、側仕えも死なず……つまり裏があると思っているんだよ」

「あたしにそれだけの力があるように見えます？」

「あんたにはないねえ。それだけの器だとも思えないけど。でも周囲が動いてるんだろう」

「………」

小玉はなにも返さなかった。

「けれどあんたにすり寄るには、あんたをここに送りこんだお方が怖い。だからなるべく触らないようにするのさ。最低限のことをして、あとは真面目に仕事をこなしてれば、この難しい問題が去ると思っている」

「ご老人、ずいぶんと頭のいい方ですね」

小玉の言葉に、老婆は鼻で笑った。

「ひねりのない褒め方しなさんな」

「でもそれは、彼女たちがあたしに返り咲く目がないと判断した瞬間、溜《た》まっていた鬱屈《うっくつ》が噴きでるということですね？」

「おや、あんたも頭がいいね」

「ひねりがない褒め方」をそのまま返されて、小玉は苦笑した。

「……話が広まっていたら、もしかしたら真実にたどりつく人間がいたかもしれません。それを止めてくれたことには感謝しています。ですがなんのためにそうしてくださったのですか？　そしてそれをどうして私に言うのですか？」

核心を問う小玉に、万氏はぼろぼろの歯をむき出しにして笑った。

「止めたことについては、この事実を突きつけていつかあんたを利用できるかと思ったから。でも今話したのは、あんたの信用を得るためだ」

「信用？　なぜ？」

この話の流れで、信用できる余地があるようには思えなかったのだが……。

「昼間やってきた宦官《かんがん》の坊やに、あんたを助けるように頼まれたからだよ」

「清喜になにをした!?」

間髪を容《い》れず鋭く問いかける小玉に、万氏はなぜか嬉しそうに言った。

「心配しなさんな。あたしはあの子に対する借りを返すために動いているから、あの子に今なにかしてるわけじゃないよ」

そう言われて、はいそうですかと安心できるわけがない。

「未来になにかするのか？　それとも過去になにかしたのか？」

「鋭いね……宦官のあの坊やの恋人を、あたしが間接的に殺したからだよ」

頭をがんと殴られた気がした。

次に声を発するのに、だいぶ時間を要した。あえぐように呼吸を整えながら、小玉はなんとか言葉を吐きだす。

「あなた、お前……復卿を殺した？　あのときの襲撃を差配した？」

班《はん》将軍に仕えていたころ、出征中に襲撃を受けて小玉は大事な部下を喪《うしな》った。後にそれは、班将軍の失脚を狙う官吏の仕業だということがわかった。

以前小玉に仕えていた張泰《ちょうたい》は、その首謀者が誰なのかを掴《つか》んでいた。けれども結局、小玉には知らされることはなかった。

その人間が今、目の前にいる。そしてなぜか清喜の頼みで小玉を助けようとしている。

話がまったくつながらない。

——女だったのか……。

特に根拠なく男であると思っていた。想像上のその相手は、いかにも悪辣《あくらつ》に笑う恰幅《かっぷく》のいい男だった。

けれども目の前にいる女は、日に焼けたしわくちゃの顔をしたただの老婆だ。二十年前どころか今の小玉でも、即座に殺すことはできるだろう。首を絞めるなり、石で殴打するなり。

小玉は深呼吸して心を落ちつける。

一つ、確認しなくてはならないことがある。

「お前がここにいるのは、罰を受けたからか」

「そうそう。官吏としてなかなかいい地位にいたけど、今やこのざまさ」

両手を開いて、万氏は「このざま」を見せつける。さっきひっかかったことが解消された。「軽い罰で済んだ例をあたしは知らない」――そういう知識がある階級だったということだ。

万氏の姿に憐《あわ》れさを感じることはなかった。だが減刑されたとはいえ彼女が、あの時の罪に対する罰をしかるべき機関によって受けていること、そしてこれ以上小玉がなにかを行うことは、ただの私刑になってしまうということはわかった。

そしてなにより、復卿の復讐《ふくしゅう》をするとしたらもっとも資格を持つのは清喜であるべきだと思っていた。

その清喜が今日ここにやってきて、そしてその直後に万氏が接触してきた。

彼はなにもせず、小玉に万氏を頼るよう言っているのか。

――清喜はどういう顔をしていたっけ……。

さっき語っていたどうでもいい会話の内容は覚えているのに、清喜の表情ははっきりと思いだせない。

曇っていたか、辛《つら》そうだったか……。

なぜか楽しそうな顔をしていた気がするのだが、それは間違いではないかとなんどか記憶をたどるも、やはり先ほどの清喜は嫌な顔をしていなかった。

小玉はもう一度、二度、深呼吸をし、口調を元に戻す。

「……一つ、教えてください。あなたはなぜあの襲撃を計画したのですか?」

「聞いて、ああこの人にも事情があるんだなとか思いたいのかい?」

万氏は皮肉げに笑う。小玉も皮肉げに笑う。

「ええ、そうですよ。そう思う余地がないと……あたしあんたを殴っちまいそうだから」

最後はあえて粗野な物言いにした。

すると万氏は、笑みを消して簡潔に述べる。

「班開道《かいどう》がずっと憎かった。まだ若いころあたしの養父を宦官だからという理由で追いつめて、死にまで至らしめたから。そしてその苦しみによってあたしの養母を、自殺に追いこんだから」

表情がないからといって、説明が簡素だからといって、もはや過去のことになっているとはかぎらない。彼女にとっては今も班将軍が憎い相手なのだろう。

「聞くんじゃなかったな……」

「ほらみな」

本当に「この人にも事情があった」ことを知って心が動くことに、小玉は自分の優柔不断っぷりが嫌になった。

確かに班将軍は、宦官が嫌いな人だった。

小玉が下に就いたころには、きちんと切り替えができる人で、小玉はかえってそこに彼に対する敬意を抱いていた。けれどもそこに至るまで、きっと様々な失敗があったのだろう。

なにかをやってしまったことがあって、そしてそれを反省して、班将軍はあのような人間になったのだ。

けれども「様々な失敗」という言葉で表現される当事者にとっては、一言では済まされない事情があるのは間違いなかった。

班将軍が亡くなって数年経った今、知りたくなかったことを知ってしまった。

ずっと昔の彼は、父を失ったこの万氏に対する負い目と、部下を失った小玉の痛みを秤《はかり》にかけて、そして前者をとった。

はっきりとそう言いきるべきではないのかもしれない。真《しん》に「前者をとった」というのならば、万氏が完全に罪に問われないように動くということだから。

けれども法にのっとって罰を受ける万氏を、少しでも助けよう……そう思ったときの班将軍の心の中に、復卿はいなかったと思うのだ。小玉に対するねぎらいと、戦死した復卿を悼む気持ちがあったとしても、だ。

当時の班将軍にとって復卿は、新参の部下のそのまた部下にすぎない。自らの人生観にかかわる痛みを与えた事柄に比べると、軽いものだったのだろう。

正直、軽蔑《けいべつ》している。けれどもその思いは、自らに関わることだからこそのもので、その事実は小玉にも跳ね返ってきている。

自らもまた命の選別をしているではないか？

同じことがあったとき、自分の罪の償いをするために自分について日が浅い部下のそのまた部下の死を、なんの意識もせずに切りすてることはしないだろうか？

班将軍に対して、嫌みったらしいという愛すべき欠点を含めて小玉は敬意を持っていた。

今もその気持ちはある。けれども今後彼を思いだすときに、痛みを伴ってしまうようになったことを悟った。この痛みの名は、恨みだ。

——けれどもこの恨みを持つ資格は、あたしにあるのか？

少なくとも、清喜にあることだけは確かだった。

「あたしはね、宦官という人たちが大事だ。愛《いと》しい。彼らがいなかったら死んでいた。ずっとあたしを大事にしてくれて、官吏になるための知識を与えて、家族になってくれたのもあの人たちだ。だからあたしも大事にしたいんだよ」

「……宦官の中にも、あんたにとっては嫌なやつもいるだろうに」

たまに万氏に小言を述べている宦官を、小玉は見かけている。

万氏は当然だよ、と言わんばかりに頷《うなず》く。

「そうさ。でもそれは本人同士の問題だ。あたしがどういう属性を好きかどうかとは矛盾しない」

めんどくさい話になってきたな……と思いつつも、小玉にだってそういう感覚はある。共感できてしまう。

「国」という概念でみれば、小玉は宸の人間を守るべき存在だと思っているし、その中の集団に帰属していると思っている。そのことは、宸の人間の中で自分の敵対する人間がいるという事実とは、両立するのだった。

「それで清喜の言うことを聞いたの？」

そろそろこの女に向かって、どういう口調で話すかが自分の中で定まってきた。

「そう。あんたの部下を結果的に死なせたことを、特に申しわけないとは思わない。けれどもあの坊やの恋人を死なせてしまったことは、なんらかのかたちで埋めあわせしなきゃならないって思ったんだよ」

「勝手なもんね……」

清々《すがすが》しいまでに自分勝手な女だと思った。班将軍が宦官を嫌いであったからどうこうしたように、万氏が宦官が好きだからどうこうするというのは、方向が真逆なだけで本質的にはまったく同じように思えた。

「でもあんたにとっては都合のいいことだろう？」

「……そうね。でも官吏として法を遵守していた者の言い草とは思えないわ」

小玉の皮肉は、面《つら》に水をぶっかけるほどにも万氏を参らせないようだった。むしろ顔を洗えてさっぱりしたとでも言わんばかりに、気持ちよさげな様子である。

「結局自分にとって都合がいいかどうかさ。あたしがここに落とされる程度ですんだのは、班開道の働きかけだった……それがあの男なりの贖罪《しょくざい》だったんだろうが、あたしはあれで絶望した。あたしはね、法に基づいて死ぬ覚悟はできていたんだ。でも誰かの口出しで刑はなくなったり、軽くなったり、重くなったりする……この国の法ってのは、なかなかに杜撰《ずさん》なものだよ。でもその杜撰さの『恩恵』を受けちまったから、あたしにはもう憂える資格なんてないんだって思ってる」

ここで万氏はぎらぎらとする目を小玉に向けた。

「あんただってそうだろう？　実際にやったかやってないかは別として、問われた罪に対して人脈だかなんだかのおかげで、この程度の罰で済んでいる」

確かに彼女の言うとおりだった。そして軍令ならばともかく法について自分は、この女よりははるかに知識が浅いに違いない。

「だから、あたしにも憂える資格はないと思っている？」

「あたしはそう思っている。でもあんたがどう思うかは、あんたの自由だ」

小玉はぐっと手を握りしめた。

この女と同じにはなりたくないと強く思った。

「ずいぶん話しちまったね。死ぬ前に思いの丈を知ってくれる人間が一人くらいは欲しかったから、ちょうどよくて、ね」

排泄物《はいせつ》を押しつけたみたいなことを言われた。それこそ厠《かわや》みたいな扱いをされたもんだと、小玉は舌打ちしそうになった。
「それで？　あんたはあたしにどんな手助けをしてくれるっていうの？」
「ここで暮らしやすくするための手助けさ。その代わり、ちょっと仕事してもらう必要が
ある」
　まったく無償ではないようだったが、この女相手には労力と引き換えになにかを得たほ
うが心は軽い。
「不正は嫌よ」と言おうとして、この女の心にそんなことを言っても響かないだろうと思
った。
　響かせるのが主目的になってはいけないと思いつつも、それでもなにか引っかかりを彼
女の心に作りたくて、小玉は代わりにこう言う。
「あの世で、家族に顔向けできなくなるようなことはしないわよ」
　すると万氏は、屈託のない笑みを初めて向けてきた。
　今も養父母を愛しているであろう万氏にとって、小玉が発した言葉の中でもっとも心に
響いたのだろう。
「ああ、大事だね。確かにそれは大事なことだ……でも安心しな。あの世で親兄弟に自慢

できるようなことを頼むつもりだから」

※

――万氏は、冷宮で多大な影響力を持っているらしい。

さほど日も経たずに、小玉はそのことを理解した。

万氏がどういう働きかけ方をしたのかはわからなかったが、小玉と接触を持つ人間が増えてきた。さすがにいきなり漬物づくりを手伝わせてくれるほど親しくはなれないが、貴重な休憩時間に立ち話くらいはしてくれるようになった。

純粋に興味があったり、あるいは小玉の（おおいに誇張された）伝説を信じたりしていた者は、話をしてみたいと思っていたらしい。

綵もこの機会を逃すまいと思ったらしく、聞かれれば自分のことを話す……が離婚したいきさつを話すと、「なんてかわいそうに……」と涙を流す者がいたのは、多分娯楽に飢えていたからであろうが、別の事情もある。

綵は報告はきちんとできるし、親しい人間とはごく普通におしゃべりできるが、そうではない人間に対してはちょっと口数が少なくなる。

その《》ため元夫《もとおっと》が妾《めかけ》との間に子を作ったことの流れから、綵が離縁に至るまでの展開について言葉が足りなくて、結果「不遇の人妻が、家族から見捨てられた」という誤解を受けてしまったのである。

そしてその誤解がどんどん悲劇的に誇張されていって、だいぶ収拾が付かなくなってしまっている。小玉は綵に助けを求める目で見られたし、小玉も頑張ったのだが途中で諦《あきら》めた。

ここまで至ったら、もうどうにもならん。

小玉だって特に大したことをしていないのに、関皇后の超人伝説が人口に膾炙《かいしゃ》していることについて、途方にくれたものだから。

――そういえばあたしが罪人になったことで、あの噂《うわさ》ちょっとは落ちついてくれてんのかな……。

もしそうだとしたら、こうなってよかったと初めて思える。

今小玉と話しているのは、見た目は小玉と同じくらい、実年齢は小玉の半分という女性である。

「へえ～、劉《りゅう》梅花さんと知りあいだったんだ！」

知りあいというか、仕えてくれた人なのであるが、間違ってはいないので小玉は頷く。

「ああ、有名だったの？」

女性は親しみを持ったらしく、にこにこ笑う。先日までの無表情さはどこにいったのやら、というくらいだ。

「有名も有名よ〜。仙韶院からここに落とされて、そこからのし上がって女官の試験も受けて、尚宮《しょうきゅう》にもなったなんて、ここの伝説よ！」

「そうね〜」

相づちを打ちながら、小玉は「これよ、これ！」と思っていた。よけいな事柄を付けくわえない状態で、それでも語りつがれるのが伝説としてあってほしい姿だ。

「なんでも亡霊退治もしたって！」

——よけいな事柄追加されてた……！

「そ、そうなんだ……そんなにすごい人だったんだ」

思わず両手で顔を覆いたくなったが、そうするわけにもいかない。

女性は我がことのように自慢げに語る。

「なんかね、そういえば昔、夜中に歌う娘の亡霊の事件を解決してくれたって……」

——あ、それ事実だわ。

梅花本人から聞いたことがある。その亡霊の正体、実は梅花本人である。

夜中にこっそり歌っていたら、深刻そうに相談されて慌てて歌うのをやめた、と……。

まさか梅花も自分の不始末を後始末した結果、まわりまわって小玉が冷宮で人間関係を築く一助になるとは思いもよらないだろう。女性は梅花のことを語ったことで、間違いなく小玉に親しみを持ったようだから。

そして故人が安らかであるために、あの世の梅花がこの事実を知ることがないように、と小玉は真剣に祈った。

ここでは決して言えない真実ではあるも、そのうち徐尚宮には話そっと……などとも小玉は思った。

あの女性とはとことんまで気が合わないのだが、同時にこの話題については共に腹を抱えて笑いあえることを確信している……もしかして自分は、彼女の好みを完全に理解できているのだろうか。そんな疑惑に気づいてしまった小玉は戦慄《せんりつ》した。

──まさか。

自他ともに認める親友だった明慧相手にすら、そう思えるほどの境地に達せなかったというのに。

小玉は痩《や》せぎすで険のある女性の姿を脳裏に描いた。

——え、嬉《うれ》しくないな。

いらんところまで細かく思い出せたことも含めて嬉しくない。


さて、小玉が万氏に頼まれた仕事というのは、ここの世話役である毛氏の不正の証拠を集めることだった。

「あの女、あたしには尻尾《しっぽ》摑《つか》ませないんだよね」

唾《つば》をそこらにぺっぺっと吐きすてて憎々しげに語る万氏を見ていると、どちらかというと……いや今は味方とはいえ擁護しきれない、明らかに彼女のほうが悪役に思える。

毛氏はここの施設設備費を着服している可能性があるのだという。

言われてみれば確かに、有志が野菜を育てているという時点で、充分な設備費が行きわたっていないということである。

しかし……、

「調査はあんたのほうが向いてるんじゃないの？」

というか、もう済ませてるんじゃないのだろうか。

けれども万氏は「そこさ」と言う。

「あたしはここでどういう物流の動きがあるのかはある程度わかるしまとめている。あの女に邪魔されてるけどね」

「ほら」

「けれど二十年くらいはここにいるからね。ここについて計上されている予算の詳しい金額は知らないし、そして外の物価についてはどうしても知識が浅い。宮城と契約している商人の相場は、それよりずれている場合もあるし」

「あ〜、予算ね。予算……そもそも予算がここに割かれてない可能性もある？」

万氏はうんと頷《うなず》く。

「あたしがここに落とされたときには、もうちょっと色んなことに余裕があったはずだったんだ。でもそれが変わったってことは、着服以外にも、物価が上がったのにそれが見直されていなくて、予算がそのままだからなのかっていう可能性は捨てきれない……」

「物価は……確かに上がってる感じはある」

といっても小玉も後宮に入って長いし、それ以前は官給品に頼ったり、丙《へい》に買い物を任せたりしていたから、一般的な主婦よりは知識が浅い。

それにしてもこの人、ちゃんと考えてるんだな……と小玉は感心した。しかし女性が臨むには、ある意味武官よりたいへんな文官になっていたくらいだ。当たり前というか、むしろこれまで見くびっていたといえる。

「あいつはあたしのことを警戒してるし、あたしに押しつけられたあんたが、あたしのことを厭《いや》がってると思ってるはずだ。だからあたしの探れなかった部分まで調査したうえで、どういう予算が計上されていたのか、外から来たやつに問いあわせてくれないか」

最終的には小玉の力ではなく、小玉の援助者目当てではあるが、確かに小玉に頼るだけの事情はあった。

調べるために冷宮の者たちと会話をするようになり、小玉は行き届いていない面についていろいろと知ることとなる。

そしてこれを知らないままだったのか……と、反省しつつもこれを知ることが出来たのは得難い経験だと思うようになった。

できることなら皇后になる前に、ここで働きたかった……そんなことすら思う彼女は、管理者としての目線ならば、どうすればいいのかと思いながら万氏がまとめた書類に目を通すようになった。

まあ、管理者に戻る見込みは今のところないんだが。

なお毛氏から情報を得ることについて小玉は、あまり感心できない手段をとった。

これこそ昔とった杵柄《きねづか》。後宮の庭にこっそり罠《わな》をしかけたことがある程度に、人目を忍ぶ行動に長《た》けている小玉は、これまたこっそり毛氏のところに忍びこむことも可能だったのである。

「これは証拠能力に欠けるんじゃないかい……」

などと嘆かわしげに首を横に振る万氏は、なんだかんだで法を大事にしたい気持ちを残してはいるのだなと小玉は思った。

でも小玉が持ってきた帳簿について、容赦なく書き写してはいた。

※

真桂が蒔《ま》いた種は、意外に発芽率が高かったようである。

茹王家の闇……という話題は、比較的口の軽い低位の妃嬪《ひひん》たちの前で語ったせいか、後宮内でよくささやかれるようになった。

さらに彼女たちは実家にこのことを知らせたようで、比較的地位の低い官吏を中心に取り沙汰《ざた》されるようにもなった。またそういう手合いは茹王と直接面識がないもので、無責任に話を盛る。

これは自分も恥をかいたかいがありましたと、真桂は文林に語り、文林も重々しく頷いて、褒美の追加として文房四宝《ぶんぼうしほう》を下賜すると、真桂はことのほか喜んでいた。

そんな折である。

茹王が死んだ。

娘の無実を訴え、毒杯を呷《あお》っての自害だった。

「前提が間違っていたのか……」

文林は真桂の宮で、頭を抱えていた。

真向かいに座る真桂も、あまりの衝撃に真っ直《す》ぐ座れず、心持ち斜めに傾いてしまっている。

文林は仙娥が懐妊した経緯からいって、茹王が政権を握ることを目的にしているとしか思っていなかった。仙娥はその手先であると。

だから今回の一件で、父娘《おやこ》間の関係を裂くことはできたとしても、まさか茹王がここで死んでしまうとは思わなかったのだ。

仙娥は父の死の衝撃で寝こみ、娘の無実を訴えて命を絶った茹王に、世論は一気に仙娥に同情的になった。つい先日まで、妹王女による姉王女毒殺説に沸いていたというのに。

「賢妃、すまない……お前に泥をかぶせてしまうことになった」

「いえ……それよりも、まったく読めていなかった事実があることに、わたくしは非常に……非常に自らの至らなさを痛感して……」

真桂の言葉もかなり支離滅裂であるが、自分の矜持《きょうじ》が傷つけられたほうがよほど辛《つら》いらしい。

「茹昭儀がどう出るかだな……」

この後、仙娥が茹王を死に追いやった原因として真桂を糾弾したら、文林としてはなんらかの対応を取らざるをえない。

真桂もそれをわかっているようで、これについてはしっかりと頷いた。

「わたくしの降格は問題ございませんが、あの方への援助に障りがない程度の地位か自由度は残していただきたく存じます」

「そうだな……俸給の返上でなんとかならないか調整してみる。減った分はなんとかしよう」

「いえ、へんに金銭がわたくしに流れますと、つけいる隙を与えますし、今のところわたくしは手持ちの貯蓄でなんとかなりますので」

そんなことを真桂と話しあう文林は、完全に真桂に罰を与えるつもりでいたのだが、仙娥は彼の予想の上を行った。

げっそりとやつれた仙娥は、形ばかりの慰めを告げる文林にこんなことを願いでたのだ。

「父の供養のために、そして私が宿す御子のために徳を積みとうございます。どうか関氏を後宮にお戻しください」

なにを考えているんだ、この女は。

※

「いや、かゆいな……」

今日も小玉は、ぼりぼりと腕を掻《か》く。相変わらず虫に血を大いに提供する日々を送っていた。

また増えてきたな……と思いながら、小玉は上衣を脱いだ。上半身裸であるが、今さら気にしない。どうせここは一部の宦官《かんがん》の目を避ければ、男なんてほとんどいない。せいぜい妊娠中のままここに入った者が産んだ幼児くらいである。それにこの国の女は、乳が丸出しになるよりも、足が丸出しになるほうに恥じらいを持つ。

小玉は脱いだ服を、人がいない方向に向けてばっさばっさと振りまわす。少しでも虫がどこかへ飛んでいってほしい。

皆やっているが、効果がいまひとつなこの対策、単純に虫が飛んでいかないか、あるいは飛ばされた虫が自分か他人のところにまたやってきているんだろう。でもこういうのは気持ちが大事。

「絣はやらない？」

「やりません。ところで関さん、思ったんですけど……」

今日の絣は右足首を掻きながら、ちょっと明るい声をあげた。

「うん、なに？」

「このまま冬になったら、ちょっと実験してみませんか？　布団を一回水に浸《つ》けて、凍らせるんです」

「ほ、それで？」

「もしかしたら臭虫が全部死ぬのでは？　そのうえで乾かすのはどうでしょう」

「いや、真冬にそんなもの乾かすのたいへんだよ……？　あと凍らせて乾かすまでの間に、あたしたち凍死するよ」

自分たちの暖をとるのも難しいところなのに、びしょぬれの布団をしっかり乾かすなんて、絵空事に近い。

それにこれ以上寒くなったら、二人でくっついて二人分の布団を重ねて掛けるつもりでいたのに、一枚失うのは辛い。

「確かに……」

「それより、そろそろ草完全に枯れたから集めて土と混ぜて、壁の穴ふさごうよ」

「あ〜、そっちのほうが建設的ですね」

二人とももう完全に、ここで冬を越す気満々であった。

「関さん、あんた！」

そんな小玉に、この前の梅花の「伝説」を語ってくれた女性が駆けよってくる。

「なんかお偉い方が来たから、来てって！　万さんが」

来たか、と思った。

「関さん……」

綵が服の裾《すそ》をつまむ。それを振りはらって、小玉は「今までありがとう」とささやく。

「今行くわ」

歩きながら、寒さが増すにつれてどんどん澄んできた空を仰いだ。意外に長く生きたものだ。

呼ばれた先に勅書を持った宦官がいるのを見て、命令を聞くべく膝《ひざ》をついた瞬間まで、自分が死ぬと疑っていなかった小玉である。

「関氏を後宮に戻し、充媛《じゅうえん》の位を授ける！」

それがまさか、こんなことを言われるとは思わなかった。

半ば呆然《ぼうぜん》としている小玉が動けたのは、隣にいた万氏のおかげである。

こういう皇帝のお言葉を聞くとき、関係ない人間でも跪《ひざまず》いて聞くのが礼儀であり、自分も跪いていた万氏は片手で小玉の背中をばしっと叩《たた》いた。

それを合図に、小玉はのろのろと手を差しだし、勅書を受けとる。

そしてあることに気づき、ゆるゆると背筋を伸ばして使いの宦官に問いかけた。

「この賤妾《せんしょう》とともに、奴婢《ぬひ》に落とされた者はどうなりますか？」

「二人についてはこのまま留《とど》まることになる。だが悪いようにはしないようにと、指示を受けている」

そう言って宦官は、小玉に支度金の袋を手渡してさっさと去っていった。

「ほら、立ちな」

ばしばしと、今度は二度叩かれる。これ以上この女性に叩かれるのも腹立たしかったので、小玉は素直に立ちあがった。

「え……今のなに……」

まだちょっと、状況を理解しきっていない。まさかこんなあっさりと、返り咲くとは思わなかった小玉である。

どういう事情でそうなったのか、このときの小玉にはわからないことであったが、それより大事なことは、綵と清喜のことだ。

二人を置いていくことになるのだ。

「ちょっとあんた」

「はいよ」

「これ半分あんたに渡すから、井戸直すのにでも使って」

「おやおや助かるねえ」

ぜんぜん遠慮することなく手を差しだす万氏に、小玉も遠慮なく金子を押しつけて、綵のもとに走った。

その日の夜、小玉は援助者に会う予定だったので、指定された場所に向かった。案の定、小玉が後宮に戻ることになったいきさつを知らされたのだった。

なんでも仙娥の言い分としては、こうである。

「関氏はあれほど慈悲深く、亡き謝賢妃の仇《あだ》のために寛賊に立ち向かったほどのお方です。そのお方が巫蠱《ふこ》を行うだなど、もしかしたら誰かに陥れられていたのかもしれません。今思えば不自然なところが多うございました。我が子を守るためとはいえ、わたくしも前が見えていなかったのかもしれません。当家のよからぬ噂《うわさ》は、天が我らを責めているからではないでしょうか……ああ、父王が泉下でさらなる罰を受けているかと思うと、涙が止まりません。どうかどうか、関氏を後宮にお戻しになり、そして代わりにわたくしを冷宮に送ってくださいまし。わたくしはそこで父王の供養を行いとうございます」

切々と訴えた後、泣き伏したのだという。

そんなの無理である。特に仙娥を冷宮に送るというあたりが。

とはいえ小玉を後宮に戻すということは、条件つきで可能であった。ただ綸言汗《りんげん》の如《ごと》しとも言うように、皇帝がらみのことで確定した罪を撤回することはできない。だから罪あることを前提とした恩赦というかたちで許されることになった。

この結果、罪人全般にも恩赦が行われることになったとのことで、これは茹昭儀の人気は急上昇するだろうなと小玉は思った。文林の苦い顔が目に浮かぶようである。

けれども彼にとって……小玉にとっても都合のいい提案であるのも間違いない。小玉の罪を訴えた仙娥本人が、事実上撤回するというのだから。

とはいえさすがに小玉が皇后として戻るわけにもいかず、充媛の位が上限であったこと。また急なことでもあるし、すべての権限を復活させるのは罪人としてどうかということで、武官としての散官位は戻らないということ。与えられるのも一つの宮ではなく、とある宮の一部の部屋であること。

だが小玉は、それよりも知りたいことがある。

「綵と清喜については、どういう指示が下っている？」

「茹昭儀ご出産の際の大赦で出すことにする、と」

「そう……」

一応、彼女たちが出る見とおしがついていることに、小玉は安心した。

とはいえ、自分だけ戻るのは嫌で仕方がない。けれども綵は喜んでくれて、申しわけなくもありがたかった。せめて蘭英への手紙を預かった。


そして……。


「綵のこと、お願いします」

深々と頭を下げる小玉に、万氏は「わかってるさ」と雑に請けおった。

「あたしだって、ついこの前までのあんたたちみたいなわけのわからない状態と違って、ここから出ることがほぼ確定しているような人間の、しかも親が高官ときてるわかりやすい輩《やから》には、全力で媚《こ》びるから安心しな」

「ありがとう」

万氏に対する好悪の念はともかく、心底安心した。

「その代わりと言っちゃなんだが、あんたに頼んだ調査の件について、頼んでもいいかい？」

「もちろん。大家に直接奏上する。それが聞きいれられるかどうかは別として」

「そうかいそうかい」

万氏は満足げに、がさがさの両手をこすりあわせた。

「あんた意外に大家の寵愛《ちょうあい》を受けているんだねえ。これはいい拾いものをしたもんだ」

特に返すべき言葉もなかったので、小玉は肩をすくめるだけだった。

この女とは、徹頭徹尾利用しあう仲だ。もしかしたらそれが続くかもしれないが、関係の内容は変わらないだろう。

それでいい。

「しかしまあ、まさかこんなに早く予想通りになるとはね」

別に酒を酌み交わす間柄にはなりたくないので、水を飲みながら二人で会話する。

「茹昭儀はなにを考えているんだろう……」

茹王が死んだことにはびっくりしたが、仙娥の行動にもびっくりした。

「茹昭儀ね……庶出の王女ね……」

万氏は珍しく歯切れが悪い。

「なんかあったの？」

「これは……ここに落ちてきた女から聞いた話なんだが、茹王の妾《めかけ》っていうのは……」

聞いた小玉は、口をへの字にひん曲げた。

「それ信じてるの？」

「信じる材料がないからって、忘れる理由にはならないさ」

ものすごく眉唾《まゆつば》ものの話を聞いてしまった。

※

ごめんなさい、という言葉が口をついてでる。ごめんなさい、ごめんなさい……。

生まれてきてごめんなさい。

愛してしまってごめんなさい。

すべて自分の罪業、今すぐにでも死んで償いたい。

それでもこれだけは守りたい。

仙娥は握りしめたそれを目の前に持っていく。

あの方はなぜ、これを遺《のこ》したのだろう。

※

冷宮から出た小玉が最初にやったことは、文林に対面すること……ではなく、主治医の診察を受けることであった。

変な病気を後宮に、ひいては皇帝の側近くに持ちこんではいけないという名目であるが、実質は小玉の健康状態を調べるためのものだ。

とはいえ名目上での理由においても、これは厳重に調べてほしいと小玉はもう慢性化したかゆさにあちこちを掻《か》きながら、実に大人しく診察を受ける。

脈をとりながら、主治医は重々しく言った。

「……うん、むしろ健康になってるくらいだな」

「え、そうなの？」

「食事は充分、規則正しい労働……睡眠についてはあまり環境はよくなかったようだが、ここにいたときよりは健全なんだろう、多分。短期間だったせいか？　とはいえ問題は虫だな……」

最後の一言は、小玉の四肢の虫刺され痕に対するものだった。小玉の頭にも目をやっていたので、多分虱《しらみ》に対しても言っている。

「なんだそのやる気のない返事は」

「そうだね……」

皇后であるより、冷宮で全身虫に刺されながらの奴婢の生活のほうが健康になれるというのは、どういうことなんだろう……健康ってなんなんだろう……。

「あれ？　でもあたし、月のもの来なくなったんだけど。けっこう体の負担にはなってたんじゃない？」

ふと思いだした。

「なんだと？」

聞き返した主治医は、いくつか問診をし……大きく一つ頷《うなず》いた。

「閉経だな」

「えっ……あっ、そういえば言ってたね！」

「そうだそうだ」

以前、「そのうち止まるぞ」と言われていたことだが、それほど順調でなかった月のものが完全に止まったのである。

労役が辛《つら》くて月経が止まったと思ってたけれど、月経が止まった理由がそうでなかったということは、つまり労役はそんなに辛いものではなかったのでは……？　などと逆説的なことが脳裏によぎったが、それ以上に大事な事実を認識しなければならない。

「これであたしは、子どもが産めなくなったんだな……」

口に出すと、寂しさではなく、妙にすっきりした感じがある。

自分でも不思議なことに。

けれども次の主治医の言葉に、小玉はへんに水を差された気持ちになった。

「ん？　女が子を孕《はら》めなくなるのは、月のものがなくなるよりも、さらに何年か前からのことだぞ」

「……それって本当？」

「後宮、そして花街で女の体を長年診てきた私の言うことを信じなくてもいいが、取った記録には一定の価値を見いだしてくれ……どれどれ今持ってくるから」

「いや誰も信じないって言ってないから。今言うことちゃんと信じるから」

本当に出て行こうとする主治医を、小玉は慌てて押しとどめる。

そんなもの見せられても、ちんぷんかんぷんなのは間違いない。むしろ記録を見るより、医師の言うことを聞くほうが信じられる。

「何年か前って、どれくらい？」

「そりゃあ……個人差だな」

「また出たねその言葉」

すごく便利に使われてる気がする、この「個人差」という言葉。

でも確かに小玉と清喜だったら、仮に性別が同じだったとしてもいろいろ違う気がする

……そうとも、それこそ個人差。

ここで小玉は、引っかかりを覚えた。ずっと心に残ってたことであっても、梅花と文林以外に言えなかったことを口にする。

「あたし、さ。三年くらい前に妊娠したかも？　流産したかも？　って思ったことがあったんだけど……」

「んん？　記録には残ってないぞ、そんなこと」

閨房《けいぼう》の記録にすべて目を通している主治医が、怪訝《けげん》な顔をする。

「いやほら……あの……茹昭儀と同じ感じで……その、ね」

詳しくは言えなくて、小玉は適当かつ曖昧《あいまい》に述べるが、医師がそれでごまかされるわけもなく、むしろ怒りを招いただけだった。

「そんなもん、遡及《そきゅう》して書かせろ！　一行でいいから！　茹昭儀のときといい……慣例とはいえ、なんで皇帝と同衾《どうきん》して記録に残さないんだ！　上に立つ者はそういうところで動きだせ！　下の者が大変なんだぞ！　特に俺たち医師が！」

適当なことを言うと、ろくなことが起こらない。これについては、この年齢になってもまだ学習していない小玉が悪い。

主治医は「まあいい」とため息をついて、小玉に問いかける。

「それで、同衾したのは何日間だ？」

「一晩」

小玉の回答を聞いて、主治医が難しい顔をする。

「じゃあ妊娠の可能性は低いな。お前さんは体が出来上がるのが遅かったうえに、大人になっても月事が安定しないうえに、しょっちゅう怪我《けが》してばかりで体に負担が大きいから、元から妊娠しにくそうな体だった」

「聞いてないよそれ」

「聞かれなければ、言うわけなかろ。お前が結婚したあとだとか、後宮に入ったあとなら、こちらから言ったかもしれんが、その時期は私の手から離れていたしな」

たしかに武官時代、町医者だった彼にわざわざそんなことを尋ねた覚えはない。

「それで妊娠の心当たりがある日から、流産したと思った日までどれくらいだ？」

「えーと……」

記憶をたどりながら小玉は答える。

「出血量はどれくらいだ」

「えっ、量？　そこまで詳しくは……」

「覚えてるかぎりでいい」

言われて小玉は頭を捻《ひね》る……も、意外にはっきりと覚えている自分に気づく。

それくらい、気にしていたということなのか。

「そんなにたくさんは出てないよ。下穿《したば》きこえて、布団にこう……これくらいの染みが二つついたくらいで」

「これくらい」と言いながら、小玉は片手の親指と人差し指で円を作る。いやもう少し大きかったかも……とちょっとだけ指を離した。

「それはどれくらい続いた？　その間量に変化はあったか？」

「三日くらい……かな。量はいつもの月のものより少ないくらい」

「うん……最後に、これは少し聞きづらいんだが、胎児の排出は確認できたか？」

「えっ!?」

生々しすぎてどぎつい質問をされ、小玉は絶句する。

「それくらいの月齢なら、後日排出された胎児はかなりわかりやすいはずだ。それらしいものは出てきたか？」

「いや……それはないわ」

これについては記憶をたぐる必要もなく、答えがすぐ出てきた。

流産したかもしれないという引っかかりがあったから、しばらく月経のたびに血で汚れた下着を注視した覚えがある。

小玉の言葉に、主治医は重々しく頷くと、言いはなった。

「お前さん、多分妊娠しとらんかったな」

「それは……絶対？」

返事はにべもない。

「実際に見てもないものに、『絶対』なんぞといえるか。医業に絶対なことなどありえんが、それ以前の問題だ」

「そうね、そうよね……」

心の底で誰かが叫んでいる。

――あの時あたしは妊娠していなかった！（多分）

――つまり、流産していなかった！（多分）

小玉は胸がすっとするのを感じた。断言されたらもっとすっとしただろうが、でもこれでもじゅうぶん。

「もし梅花が生きてたら、少しは心穏やかになってくれたでしょうね」

小玉が流産したかもしれないことに、もっとも胸を痛めていたのは彼女だ。

「彼女しか知らないことだったのか？」

「うん」

「そうか……あの方も出産経験がない方だからな。自分が堕胎したり、誰かの堕胎を手伝ったりというような人柄でもなかったことであるし」

主治医が、女官たちの闇をさらっと暴露した。

――いやまあ、そういうことはありえるんだろうなとは思ってたけど……というか、大昔に後宮の警備していたときにちらっと聞いた覚えあるの、今思いだしちゃった……。

子がいたのか、いなかったのか。

ずっとどっちかわからないままで、死ぬまで抱えると思っていたし、それが覆ることなんてないと思っていた。過去に戻ることができない以上、真実は誰にもわからないから。

けれども覆ることはなくても、揺らぐことはあるのだ。

揺らいだだけ……でもそれだってすごいことではないか。

知識ってすごいんだなと小玉は思った。

小玉の感動をよそに、主治医はなにやらうんうん唸《うな》っている。

「うん……今日この日までどこにも秘密が漏れずにいて、そして梅花どのがこういうときに頼りそうな医師を私は一人しか知らん。そしてその方は腕のほうは単独で診断すると……うん……あれだ」

「藪《やぶ》じゃん」

誰なんだそれ。

小玉のまっとうな感想に、主治医はなんだかむっとした様子だった。

「その方は嘘《うそ》は言わん。わからない場合はわからないとちゃんと言う」

「わからないって時点で問題があるんじゃ……」

「宮廷の医師には、腕と同じくらい大事なものがあるんだ。その方は腕のいい医者と組ませればなんの問題もないし、むしろ実力を発揮するんだ！」

やけに熱弁する主治医に、かの有名な「おじいちゃま」の話を聞かされた小玉は、そんな人がいるんだなあと思う以前に、なんでそれを知っていなかったのかなとむしろ自らを恥じた。

梅花が「おじいちゃま」のことを、なぜ知らせてくれなかったのか。単に忘れただけなのか、優先順位が低かったからなのか、小玉なら自分で把握すると思っていたのか。

それとも、お膳立《ぜんだ》てがなければ、なにも知ることのできなかったことを小玉に自覚させたかったのか。

きっとそれらの思惑で梅花が遺《のこ》していったものは、いくつもあるのだろう。これらに直面するたびに小玉は、故人がどの思惑で「穴」を作ったのかを考え、そしてどれだけの心残りを隠して死んだのか、どれくらい自分に期待していたのかを感じるのだろう。

ここで小玉は、梅花の発言を思いだした。

「……そういえば梅花も、妊娠について『可能性がある』程度のことしか言ってなかった」

この件について梅花が断言してなかったのは、間違いない。

主治医が「やはりそうか」と頷《うなず》く。

「だいたい万全の体でも、一晩かそこらで孕《はら》むなんてことよほどだぞ……それを思うと、茹昭儀は姉のぶんまで健康なようだな」

「そうよね……」

一度だけで子を孕むなんてことが常であるなら、綵みたいな女性も、婚家から叩《たた》き出される女性も存在しないのである。

文林と馮貴妃《きひ》に「繁殖力」云々《うんぬん》言われていた元淑妃の司馬氏だって、さすがに一度の同衾で妊娠したわけではないはずだ。

「ん……」

「どうした？」

主治医に茹昭儀のことを持ちだされたせいで、万氏から聞いたなかなか荒唐無稽《むけい》な話が、今へんにかみあった気がする。

この数年後、軍事から手を引いた小玉は医業の後援に力を注ぎはじめる。武国子監で面倒を見きれなかった経験を踏まえ、あくまで後援であったが。

また冷宮の待遇改善についても着手した。労役を廃止するわけではなく、きちんと罪を償うための労役に集中するために、適切な予算を割くべきという考えのもと動いたのだ。

これらの小玉の働きは、伝説となった関皇后の物語が好きな人間には、あまり食指が動かなかったようで、ほとんど語られることもない。

けれども、小玉本人にとっては誇張されたありえない伝説よりもずっと大事な仕事となった。

※

さて、後宮に足を踏みいれる準備のためにいちばん時間がかかりそうだったのは、人間関係の根回しではなく、頭に棲《す》みついた虱《しらみ》の根絶である。

服はひんむいて処分すればどうにでもなるが、髪はそうでもない……人によっては。

小玉なんかは隔離期間を少しでも短くするために、潔く頭を剃《そ》りあげた。

もともと小玉は髪を短く切りそろえていたので、抵抗はあまりなかった。それでもつるつるになった頭を撫《な》でて、小玉はさすがに苦笑した。

かつてはいつも戦のたびに髪を切っていた自分がここまで短くするとは、これから臨む戦いというのは、そうとう厳しくなるのでは……そんなことに思いを馳《は》せた。

その戦いの相手は茹昭儀になるかどうかは今ちょっと不透明だが、小玉が見据えているのはもっと幅の広いものだ。この後宮と、それを取り巻く環境、そして女たちが置かれている劣悪な状況。

小玉は与えられた服に袖《そで》を通す。皇后の服に比べると、数段格が落ちるものだが上質な絹だ。久しぶりに着る絹は、すべりがよくてどこか頼りない気がした。

冷宮で着ていた服を、あれほど「粗末」と思っていたのに……。でもそんな「粗末」な服でも、嫌気が差すことはなかった。それでもなお、絹の服を重視しようとしている自分の心理を、小玉はこう考える。

自分は絹の服を着ているのが、身の丈にあっているような働きをしている人間でありたいのだ。

漠然とした予感がある。小玉の力量では国や政治の機構を変えるには至らないだろう。けれども自分にできる範囲を知る努力を怠らず、そして実行していく。これが自分の戦いで、車を動かすということなのだ。

ただ、頭がつるつるの状態で皇帝の前に出ることはできないので、付け毛を鬘《かつら》に作り替える段階で、小玉の戦いはちょっと頓挫《とんざ》しかかった。

現在小玉に付けられている人間はほとんどいないというか、監視役のようなものであるため、自分でやるしかなかったのだ。主治医がちょっと手伝ってくれなかったら、無事に完成することはなかっただろう。

それにしてもこの付け毛、誰の厚意によるものか処分はされていなかった。もし捨てられていたらすっぱりと諦《あきら》めて、頭に見栄えのする布でも巻こうかと思っていたところなので、ありがたいことだ……と思った小玉は、主治医から「徐どのだぞ」と教えられて、口をへの字にひん曲げたのだった。

ところで隔離に入ってすぐ蘭英に手紙を送ったら、その日のうちに返事が来て、中を確認した小玉は思わず絶叫した。

蘭英とは思えないような走り書きであったが、それもむべなるかな。綵からの手紙に、「妊娠してました。お母さんの孫です」と書いてあったようだ。

他人に宛てられた手紙を覗《のぞ》くような下世話な真似を小玉はしなかったので、蘭英からの手紙で初めて知ったのだ。

そういえば確かに綵も月経が来ていなかったが、自分もそうだったので二人揃って労役が負担だったからと思いこんでいた。

小玉は両手で顔を覆って、ここにいない綵に叫んだ。

「……言ってよ！」

自分の目玉の節穴ぶりにも腹が立った。

そうかそれで自分の前で服を脱ごうとしなかったのかとか、別々に援助者に会っていたからわからなかったが、与えられた食事、もしかして食べなかったり食べても吐いたりしてたんじゃないかとか……。

綵《さい》については、万氏に手紙を出し、重ね重ね頼むと言いそえたら、すぐ返事が来た。この女たちは妊婦と赤子には優しいので安心しろ、と。

確かに冷宮の女たちは、仲間が産んだ子どもを大事にしていて、皆で育てるという意識が強かった。小玉も子どもたちを見ていると鴻のことを思いだして、ほんわかとした気持ちになったものだった。

あげられるものなら、あの子たちに飴《あめ》とかあげたかった……単に飴を持っていないからあげられなかったのであるが、それ以前の問題として、懐いてもらう前に去ってしまったというのがとても切ない。

万氏いわく宦官《かんがん》も圧倒的弱者である子どもには甘い者が多いらしく、あちこちから色々便宜をはかってくれてるらしい。例の予算の件どうなってるんだ云々《うんぬん》……と、追伸のほうが長かったので、小玉は「皇帝には直接言った」と伝えておいた。

――でもこういうの、間に誰かを介在させると必ず揉《も》めるもんなんだよなあ……。

かといって文林に直接つなぎをとって、文通させるのもおかしい。たぶん万氏もひっくりかえる。いやここぞとばかりに色々と訴えるかもしれない。

多分万氏と文林は相性がいいと小玉は思う。腹の中にいろいろありつつも、結局理詰めで行こうとするあたりが。

――いや待て、他に直接つなぐべき人いるわ！

蘭英である。

小玉はさっそく、蘭英と万氏を直接つなぐことにした。そこで万氏が小玉を助けた遠因が、蘭英であることを知った。

ここで小玉はようやく、点が線でつながった気がした。

まず娘の待遇をどうにかしたい蘭英が泰に連絡をとり、それで万氏のことを知っている泰が清喜に連絡をとり、小玉の待遇の改善にもつながるならばと清喜が万氏につなぎをとった、と……。

人を助けるのは、人と人とのつながりなんだなあ……と。小玉は壮大なことを考えはじめている。

臭虫の吸血痕《こん》が消えたころに、小玉は文林との対面を果たした。

「久しいな。息災だったか」

「大家のご聖恩を賜りまして」

小玉は平伏《へいふく》して、頭を床にこすりつけた。

「茹昭儀にも礼を述べるといい。父への供養と子の出産に向けて徳を積むためにと、そなたが戻ることを願った」

「もちろんでございます」

ほぼ定型どおりの会話と、定型どおりではないがどこか薄っぺらい響きのする会話を交わしたあと、文林は人払いをした。

顔こそ上げているものの、まだ床に座りこむ小玉に文林は近づいた。

目は心持ち落ちくぼみ、顔の皮膚はがさがさで、髪のつやもなくなっている。伸ばされた手には少し血管が浮きでている。小玉は少しためらったあと、「触っても？」と問いかけた。

「もちろん」

小玉は文林の手をとり、立ちあがる。

明らかにやつれてしまったと思いつつ、小玉は隔離期間の間ずっと言いたいと思っていたことを切りだす。

「実は文林」

「どうした」

「冷宮の予算において不正が行われているか、あるいは適切に配分されていない可能性があって……」

「……お前、本当にそういうところだぞ。最初に言うことは選べ、本当に」

思いっきり突っこまれた。

「わかるけどでも最初に言いたかったのよ、これ資料」

主に万氏がまとめた資料を手渡すと、文林はすぐに目を通す。

ここで仕事熱心だからだとか、小玉への情があるからだとか思わずに、大好きな帳簿だからなんだろうなと思う小玉は、圧倒的に正しい。

ほどなくして「すぐに担当の者に調べさせる」と文林は言ったから、本当になんらかの問題があったかのようだ。

「綵と清喜については、子が生まれたときの大赦でどうにかする」

「聞いている」

「蘭英もそれで納得した」

「それでか……」

小玉はしばらくの間、忙しい日々を送った。

真っ先に仙娥のもとに「お礼」を述べに行くべきだったが、本人の体調不良により延期した。だからまずは紅燕、真桂のもとに挨拶《あいさつ》に行く。

紅燕は小玉が下位の者として跪《ひざまず》くのを酷《ひど》く嫌がったが、今そんなことでなあなあに済ませた結果、誰かにつけいられたくはなかったので、小玉は断行した。結果彼女はかんしゃくを起こしてしまった。

ただ……最近王太妃が心身の不調を訴えているということを知らされ、少し心配になった。王太妃のことはもちろん心配だが、紅燕の精神状態のことも。彼女は母のことも心配で、少し不安定になっているのかもしれない。

こういうとき母親のように抱きしめてあげるのが、自分に出来ることなのだが、控えなくてはいけない現状を、少し歯がゆく思った。

母として……ということであれば、鴻のことも気にかかるが、今の小玉は養母という立場ではなく、元罪人だ。彼の立場を考えると、おいそれと接触できない。

小玉が今後宮にいるのは、無実が証明されたからではない。恩赦により「罪を許された」からだ。そもそも命じられて断れるほど、立場が強いわけでもないのだが、わかっていて受けいれた。

恩赦を受けいれるということは、罪を犯したと受けいれたということだ。それを踏まえたうえで今の小玉がいるのだが、少し辛《つら》いなと思った。

真桂については、なんだか真っ直《す》ぐ立てない感じで出迎えてくれた。

「賢妃さまにご挨拶申し上げます」

今や一介の……というと、二十七世婦や八十一御妻《ぎょさい》の妃嬪《ひひん》たちをいたずらに苛立《いらだ》たせるだけかもしれないが、小玉はただの妃嬪である。

四夫人である真桂に対して、小玉は最大限礼を尽くさねばならないし、小玉の苦境を支えてくれた恩人に対して、という意味でも下げられる限界まで頭を下げたかった。

「もう、貴妃《きひ》さまには会いましたか？」

小玉は苦笑する。

「ええ、けれども……」

真桂はいただけないことを聞いたとでも言いたげに、首を横に振った。

そして深々とため息をついて言う。

「お戻りを心より嬉《うれ》しく思っているのですが、それなのに悔しいです……わたくし、あなたのことを、わたくしが助けると思っておりました……それなのに……」

確かにまったく関係のないところで、小玉は戻ってしまった。

「気持ちはお察ししますよ……」

それしか言えない自分のなんというふがいないことよ。

そんな忙しい日々の中でも、小玉は「あること」を調べるのに余念がなかった。

もちろん小玉が動ける範囲は狭いのだが、紅燕と真桂は小玉の話を聞いて、熱心に調べてくれた。

仙娥の体調が落ちついたある日、小玉は仙娥の宮に挨拶に行った。

寝室に直接通されて、そして人払いされる。仙娥と二人きりになったわけだが、小玉は動揺しなかった。

「関充媛の挨拶を長らく拒んでしまい、申しわけありませんね」

「いいえ。御身とお腹の御子が健やかであることが、なによりも優先されるべきことですから」

仙娥はすっかりやつれてしまっていて、腹の膨らみがより強調されていた。

彼女の顔を見ながら、小玉は「この娘はこんな顔をしていたのか」と思った。

化粧気のない顔を見るのは二度目だ。一度目に見たときの小玉は、彼女を「悪女顔」と思った。

けれども今、小玉の前にいるのは目つきの少し鋭いだけの美しい娘だった。

そもそも悪女顔というのは、実際のところどんなものなのだろう。小玉の中でそれは、とても陳腐な内容だ。

いかにも男心をそそりそうな流し目、色気のあるぽってりとした唇……そういう女が文林の心を摑《つか》むのではないかという危惧《きぐ》、あるいは排斥するためにうってつけの理由になるからそういう女であってほしいという欲求を、あの日の自分は仙娥の顔に見いだしていただけだった。

仙娥の発言も、奇跡のように自分の中だけでかみあわせてしまった。あの日「このような顔」というのは、単に自分の顔が嫌いだっただけなのだろうか……そこまで考えたところで、自らの懲りなさに胸中で自嘲《じちょう》する。

類推というのは、往々にして類推する本人の信じたいものが明確になるだけという場合があって、こと女に関していえば小玉はまさにそうなのだった。

目を仙娥の顔からそらした小玉は、枕元に、目を引くものを見つけた。咲くにはまだ時期が早い、梅の枝だった。

脳裏に梅花の顔が浮かぶ。

「気になりますか？」

小玉の目線の先を辿《たど》った仙娥が問いかけてきた。

小玉は頷《うなず》く。

「ええ。花瓶に生けなくてもよいのですか？」

「紙で作った造花なのです」

小玉は少し驚いた。ずいぶん精巧に出来ている。

「亡き茹王がわたくしにと遺《のこ》したものです」

「それはそれは……」

茹王の死と、それを契機に仙娥が申しでた恩赦のことを、他ならぬそれで冷宮から出された小玉は知っている。

その結果、長く釈放されなかった過失犯がようやく外に出られるようになって、案の定巷《ちまた》で仙娥の人気はすさまじいものがあることも。

小玉と仙娥は、短い間作りものの梅の枝を眺めた。

先に目線を動かしたのは仙娥だった。小玉の顔を見て問いかける。

「率直に尋ねます。わたくしになにか申したいことはございませんか？」

小玉も仙娥の顔を見つめる。

「あります。お腹の御子は、誰の子ですか？」

仙娥は少し黙ってから、問いに問いを返した。

「この腹の子が、皇帝の血を引いていないと？」

「それがわからないので、伺っているのです」

仙娥はふっと微笑《ほほえ》む。

「偽りならば今ここで雷に打たれて死んでもよい。わたくしの腹の御子は、皇帝の血を引いております」

「確かに。一回で妊娠するなんて、よほどのことではあります。けれども大家が否定せず、あなたが他の男に接近する隙なんて一切作らなかったから、みんな信じた……わたくしだって」

「とても賢明でらっしゃいますわ。わたくしは后妃の身で、家族以外の男性に近づくような真似はいたしません」

後宮に入っても武官として多数の男性と接触しているうえに、不義について嫌疑をかけられたこともある小玉に対する痛烈な皮肉だった。

「昭儀のお腹の御子は、皇帝の血を引いているのですね」

「大家」とは言わなかった。これは宮廷でのみ使われる言葉で、元は宦官《かんがん》が私的な場でその時の皇帝・皇后を呼ぶときに使った呼称が、官僚たちにも広まったのである。だから「皇帝」というのは、「大家」というよりもずっと範囲が広い呼称だ。

「ええ、そう言っていますよ。わたくしは誓って、大家より卑しい男には触れていませんし」

彼女の発言を総合すると、父親として該当する人間は二人いる。

そう、二人。

「では大家より卑しくない男には？」

「そのような者がいると言うのですか？　それはまあ……今や一介の妃嬪とはいえ、妃嬪は妃嬪。その身でなんと不敬なことを考えるのでしょう」

侮蔑《ぶべつ》的な笑みを浮かべる仙娥であるが、小玉の次の言葉ですっと表情を消した。

「『父は子にとっての天』」

皇后が父親であっても臣下に頭を下げていいものか、しかし娘が父に頭を下げないというこ とが許されるのか……過去には朝廷で、こんなことが真剣に議論されたくらいには父と子の関係は重要なものだ。

小玉は丁寧な口調をかなぐり捨てる。

「そうよね？　この国の者ならば、皆そう教わる。ならばあなたに限っていえば、たとえ血がつながっていなかったとしても茹王は天に等しく、大家より卑しいといえないのでは？」

「……そのとおりですわ。それが？」

「あなたの腹の子の父は、茹王では？」

皇族である茹王は、確かに皇帝の血を引いている。その子もまた、皇帝の血を引くことになる。

その皇帝が、文林ではないだけで。

仙娥が抗弁することを小玉は予想していたし、それに対抗するための材料も用意していた。けれども相手から闘気が立ちのぼることはなかった。

仙娥は喉《のど》の奥からくっくっと音を出した。笑い声だった。

「ふふ……」

仙娥は疲れきった笑顔を小玉に見せた。

「そのようなことはお分かりなのに、どうして世のことはお分かりにならないのでしょうね？」

「わたくしのせいだとは言わないのね」

「言ったところで、あなたさまを気持ちよくさせるだけですから」

小玉は苦く笑った。

ここで「あなたが皇后として、きちんと振る舞っていたならば」などと言われれば、小玉はいくらでも反論できた。けれども仙娥は、自分が罪を犯したきっかけが小玉と文林であることと、自分が罪を犯したこと自体を切りわけている。

それだからこそ、小玉の心が罪悪感でちくりちくりと痛むのだった。この娘は、万氏ともまた違う人間だった。

「わたくしがあの方の種の娘ではないと、どこでお知りに？」

「地元では一時期は噂《うわさ》になったようですね。そこの出身の者が語っていたと、とある筋から聞きました」

はっ、と仙娥は笑った。

「人の口に戸は立てられないものです。もっともあの母の振るまいならば、立った戸も片端から倒れていたでしょうね」

憎々しげに言う仙娥が、母である茹王の妾《めかけ》を嫌っているのは間違いなかった。彼女が自分の顔が嫌いだとしたら、その理由は母なんだろうか……また類推だ。

小玉は余計なことを考えるなと、自分に言いきかせる。

「それでもわたくしを家族として遇してくれる父王と姉は、わたくしにとっての宝でした……けれどもわたくしは淫奔《いんぽん》な母の血を引いているのでしょうね。あの方を愛してしまって、その夢を叶《かな》えたいと思ってしまったのです」

「夢？」

そう、そこが小玉にはわからなかった。なぜ茹王は仙娥と関係を持ったのか。そして、死んだのか。

「あの方はたいそうな孝子でいらっしゃいました。自らの父帝陛下の尊い血が、皇統から途絶えることを悲しんでおいででした。ですから馮貴妃《きひ》が後宮に入られたとき、大いに喜ばれていたのですよ。けれども馮貴妃はいつまでも子を産まなかったことで一度落胆し、姉王女が後宮に入るときに病弱でももしかしたら……と思っていたのに、もう一度落胆し……」

「でもあなたが大家の子を産んだところで、茹王の血は引かないでしょう？　それとも最初からこのことを企《たくら》んでいたの？」

「もっと遠大な計画ですわ。九嬪《きゅうひん》として入ったわたくしが大家の御子を産みまいらせ、そしてその子をあの方の父帝陛下の子孫と結婚させる……そうする中で、もしかしたらもう一度皇統の嫡流に血が混ざってくれないかと考えたのです」

「健気《けなげ》で壮大ね」

壮大というより、迂遠《うえん》といったほうが正しい気がする。けれどもこれで、茹王が姉王女の後宮入りに乗り気だったことの説得力がより増した。

仙娥も同じことを思ったようで、仕方がないとでもいうように、それでも愛《いと》おしげに笑う。

「ええ。あの方は簒奪《さんだつ》というようなことはお考えにならない方でしたから。ですからそういうかたちで夢を叶えようとしてました。ですから……罪はわたくしにあります」

皇帝としての役割を果たさない皇帝、皇后としての役割を果たさない皇后。

このままでは父王の夢を叶えられそうにない自分。

その事実が、仙娥の心に雑念を吹きこんだ。

「わたくしがあの方の子を産みまいらせば、そしてもし太子殿下に万一のことがあらば、わたくしの子が次の帝位に就きます。そうでなくても、太子殿下の子に、わたくしの子を嫁がせれば、あの方の夢がかなう可能性は格段に上がりますもの」

さっきの計画より、ずっと迂遠なことを言われて、小玉は開いた口が塞《ふさ》がらなかった。比喩《ひゆ》じゃなく、口がぱっかり開いた。

「それは……結果的には簒奪って言わない？」

「あら、わたくしは太子殿下に危害を加えるつもりはございませんでしたわ。けれども大家の御子が太子一人という現状は、万一のことが起こる余地があまりにも大きいとは思いませんか？　その状態に甘んじておいでなのは、お二人でしょう」

痛いところを突かれた小玉は、軽く息を吐いた。

「……それで、お腹の子はどっちの子？」

仙娥はにこりと笑う。さっきの笑顔とは違う、無垢《むく》な笑みであった。

「わたくしにはわかりませんわ。わたくしはどちらとも同衾《どうきん》しました。回数で決めるのであれば、あの方の子ではありますが、それでお決めになりますか？」

小玉はぐっと言葉に詰まった。確かに一度同衾しただけで子ができるとはかぎらない。だができないともかぎらない。

小玉は問うことを変えた。

「あなたは、あたしにどうしてほしいの？　わざわざ冷宮から出して」

「わたくしに万一のことが起こったとき、この子をお任せしたいのです」

「あたしに？」

耳を疑った。

「後宮で情にすがるなど望むべくもない……けれども生《な》さぬ仲の皇子を育て、亡き皇子たちの供養を欠かさないあなたさまにおかれましては、この子に悪いことはなさらない。そう信じておりますわ」

皮肉かと思った小玉であったが、仙娥の顔を目の当たりにして驚く。

「わたくし、あなたさまに謝ることはほとんどないつもりですが、その優しさにつけこんだことだけは、心から申しわけなく思っております」

それはまるで、懺悔《ざんげ》するかのような表情だった。

小玉の胸中には嵐が吹き荒れていた。自分には今、あらゆる選択をとることが許されている。

仮に文林の子であっても茹王の子であっても……仙娥の子を死なせる、ということも選択肢の一つにあり、そしてそのことに心動いてしまった自分に小玉は動揺した。

「…………」

長い、沈黙のあと小玉は言葉を絞りだした。

「大家にこのことを相談します」

「あらまあ」と仙娥は揶揄《やゆ》する声を出す。

「大家にも責任をかぶせるおつもりで？」

「ええ、あなたはこれをあたしたち夫婦二人の問題だと言った。そのとおりよ。だからあたしたち二人で解決に当たるわ」

小玉はきっぱりと返した。

以前文林は、直接言わなくても信じてもらえるような美しい関係をやめようと言ってくれた。

自分たちは二人で醜くあがいて、物事を解決する。

「ところで茹昭儀、今あたしがあなたに、文林と本当に寝たの？と尋ねたら、あなたはどう答える？」

仙娥は笑むことしかしなかった。

「では最後にもう一つ。あなたはわたくしに毒を盛りました？」

「ええ、あなたがそうしたように」

小玉は口元を少しだけ歪《ゆが》めた。そう、自分は今彼女に毒を盛った。

必ず死ぬ毒だ。

「どうやったのか答えてもらえるのかしら」

「ええ、いずれ必ずお知らせします。けれども一つお願いがあります」

その「お願い」の内容を聞いて、小玉は端的に言った。

「ぜいたくね」

「あら、巫蠱《ふこ》の罪に問われたというのに、身内も部下も仕える者も誰一人失わずに済んだあなたさまに比べましたら、無欲とすらいえる程度のことですわ」

※

「文林、相談したいことがあるの」

小玉が語り終えたあと、文林の顔からは血の気が引いていた。

そのまま無言のうちに時が流れる。

その時間を文林の顔を眺め、ただ待ちの姿勢でいながら、小玉はこんなことを思った。

彼は小玉に対して情報を開示することを選んだ。

自分もそうすることを選んだ。

けれども「相手を信じているから」という耳に心地よく響く名分のもとに、単独で動いていたときのなんと気楽だったことか。

情報を分かちあうということは、選択に苦しむ相手を目の当たりにすることだ。

そして相手の選択を受け止められるかどうか、自分を試すということだ。

意見をぶつかりあわせることなどほとんどなかった自分たちのつけが今、ここに回ってきているのだと小玉は悟った。

小玉は口を開く。

「文林。あたしが決めようか？」

多分この瞬間、小玉は文林のためになんでもできると思った。生まれたての子どもを縊《くび》り殺すことも、その死のせいで綵と清喜を助けることもなく、それどころか犯人として裁かれて刑死しても……それらを自分が決めることも。

このとき小玉には、置いていく者たちの嘆きへの謝罪があったし、連座する者たちへの申しわけなさがあった。

またあるいは大赦が無くなったことによって、娘を助けられなくなる蘭英の怒り、綵の腹の子のことさえも脳裏をよぎった。

それでも言を翻さなかった。

長い、長い沈黙のあと文林は掠《かす》れた声で言った。

「子が男なら殺す。女なら生かす」

それを聞いたとき、小玉は一瞬安心した。

茹昭儀の子が、排除されるかもしれないということに、安心してしまった。

「小玉、手に触れても？」

「……もちろん」


仙娥が産気づいたのは数日後の昼過ぎのことだった。


なぜか……と余人は思うだろう。しかし小玉には確信があった。呼びだされると。

そのとおり仙娥の宮に連れてこられた小玉は、産室の隣の小部屋で仙娥の出産を待った。

目を閉じると苦しむ彼女の声が聞こえる。

今彼女は、自分が決して経験することのない苦しみを味わっているのだと小玉は思った。

かといってうらやましいとは思わなかった。

——本当に？

本当に。

ここでうらやましいと思わない自分は、人としておかしいのだろうか。けれども小玉は元から、無いものをねだる人間ではなかった。

「かわいそうに」、「強がりなのかな」、「あきらめているのだね」……そんなことを言われたら、なんか違う……と思いつつ、めんどうくさいので「そうかもね」と言ってしまいそうだ。

そういうふわふわしたところ、自分はいいかげんに改めたほうがいい。小玉はそう言われたときにどう反応するか自分の中の語彙《ごい》を漁《あさ》って、文章を練りはじめた。時間つぶしにはなった。

仙娥の出産は時間がかかった。

小玉は出された茶を何杯も断りながら、持参した水を飲んで、厠《かわや》に行く……を繰りかえした。それでもなかなか産まれずに、戻るように促されたが小玉は断った。ここで飲食する気はなかったから、食事も断って小部屋でうたた寝した。

後に食事もできない産婦と同様に食を断ち、帯も解かずに彼女の出産に備えたと言われ、小玉は苦笑したものだった。冷宮で過ごすより、はるかに楽をしていたつもりなのだが。

仙娥が女の子を産みおとしたのは、産気づいた翌々日のことである。

「充媛、充媛……来て下さい」

招かれて産室に入ると、仙娥のか細い声が小玉を呼んだ。あまりにも叫びすぎたからか、掠《かす》れきった声だった。

寝台に臥《ふ》したまま、仙娥が言う。

「抱いてください」

「いいの？」

「もちろんです」

生まれたての赤子は、黒々とした瞳《ひとみ》を小玉に向けた。小玉を見ているようで、でもそのつもりはないというような様子だった。

その顔に、小玉は文林と似ていない部分を探した。

「かわいいわね」

その言葉に嘘《うそ》はない。

けれども自分は、鴻に対して文林と似た部分を探してかわいいと思うのと同様に、この子に対しては文林と似ていない部分を見つけてかわいいと思うのだろう。

「信じられる？　わたくし、血のつながらない子のために、すべてを抱えこむ覚悟を決めたことがあるのよ」

小玉はなんとなく、旻《びん》のことを思いだしていた。自分にほとんど関係のない子どものためにあれほど親身になれたことがあるのに、出生において自分の在り方が大いに関与しているこの子に対して、どこまで親身になれるだろうかと危ぶんでいる。

この子が小玉の後ろめたさの証《あかし》だからなのだろうか。でもこの子にはなんの罪もないのは間違いなかった。

「どうでもいいですわ。少なくともあなたは、ご自分の後ろめたさにかけて、この子を大事に育てるでしょうし」

「約束を破るつもりはないけれど、この子を死んだことにして、どこか別のところに任せるかもしれないわよ」

「かまいません。もうあの方はいませんから、夢を叶《かな》える必要もない」

我が子を突きはなすようにもとれる発言ではあったが、それに反して彼女の赤子を見る目は優しかった。

「そろそろ戻るわ」

赤子を仙娥の横に戻し踵《きびす》を返そうとする小玉は、

「その前に、お聞きしたいことがあります」

「なに？」

仙娥は自分の頭の横にある、くしゃくしゃになったなにかを示した。原形をとどめていないが、小玉にはわかる。茹王が仙娥に遺《のこ》したという造花の梅だ。

「この梅の枝……これをあの方が遺された意味を考えています。王妃さまが愛し、わたくしを妹と呼んでくださった方が愛し、そしてその方が命を失う原因となったのは梅です。最期にわたくしに遺されたのはなぜだと思いますか？　あの方はわたくしが本当に、娘を殺したと考えたのかしら……そんな女と交わってしまったことを恥じたのかしら……」

それを聞き、小玉は軽く息を吐いた。

「茹昭儀、そう『信じたい』のならそれが答えよ」

自分が妊娠していなかったと思っていることだって、材料が多くなっただけで、結局「信じたいこと」を信じているという点では、以前と変わりない。あくまで小玉の類推した「信じたいこと」にすぎない。

示された事実、現実を元に判断するしかないのだ。

「役に立たないこと」

仙娥が静かに毒づいた。

彼女はその晩自害した。

仙娥の宮から出た小玉は、充媛として与えられた部屋に戻り、眠りもせず待っていた。その知らせを。

呼ばれた小玉が駆けつけた先で見たのは、梁《はり》からぶら下がる仙娥と、泣きながら足にすがる女官だった。

いや、すがっているのではなく、足を持ちあげようとしているのだ。もう死んでいるのに、諦《あきら》められないのだ。

彼女の肩に手を置いて、「昭儀を下ろしてさしあげましょう」と言うと、女官は手を放して床に突っ伏した。激しい慟哭《どうこく》が聞こえる。

小玉は仙娥の遺体を一度見上げ、そして腕を伸ばす。

懐に茹王の形見のやぶれた造花を入れ、白絹でもって首を吊《つ》った彼女を、他ならぬ小玉が天井から下ろした。

――こうなることはわかっていた。

遺体を横たえながらそんなことを小玉は思った。あの日の対面で、仙娥が文林と同衾《どうきん》したこと自体に、小玉はあえて疑問を投げかけた。

腹に文林の血を引いているかもしれない子がいる仙娥には、尋問ができない。けれども生まれたあとならば、いくらでもできる。「ない」ものを「ある」と言わせるほどの、苛《か》烈《れつ》な拷問を加えることさえ。

小玉はそんなことをしない。けれども「しない」ということを、本人に伝えることもしなかった。

茹王という後ろ盾を失った仙娥が我が子を守るには、出産直後に死ぬしかなかったのだ。

これが小玉が仙娥に盛った言葉の毒で、仙娥もわかっていた。

けれども仙娥が遺した手紙には、こんなことが書いてあったのだ。

――これがわたくしのけじめです。

「お前のせいで」だとか、「これでご満足ですか」だとかはどこにも書いていなかった。

これは一種の信頼であり、貸しだ。

生前小玉に対して一切の信用を失った仙娥が、最後に遺した信頼。それに報いる義務はまったくない。けれども小玉本人の感情として報いたいと思ったのだ。

幸い生まれたのは帝姫《ていき》だ。

継承権争いにはほぼからまない彼女には、穏やかな生活を与えられるだろう。それこそ仙娥に言ったとおり、折を見て死んだことにして、裕福な家庭に成長を任せることだってできる。

文林に願いでると、彼はわかったと頷《うなず》いた。

※

「面倒くさい女だったわね」

行儀悪く肘《ひじ》をついて茶を飲む紅燕を、側仕えの雨雨がものすごい笑顔で見ている。けれども紅燕はそれを見事に無視している。

あらまあと思いながら、真桂は仙娥について自分の見解を述べる。

「柔軟というか、よくもまあそんなこと考えつくなという頭の持ち主ではありましたね。あとは度胸もありました……最終的に死に逃げましたけど」

真桂としてはだいぶ高く評価したつもりだったのだが、紅燕はついた肘をそっと持ちあげ、背筋をぴんと伸ばした。

「あら、どうかなさいました？」

「今あなた、最後のほうでものすごく怖い声出してたわよ」

笑顔を引っこめた雨雨が、うんうんと頷く。

「そうかしら」

真桂は小首を傾げる。間違ったことは言っていないつもりなのだが。

「とにかくあれは、発想がこざかしいですね。韓婕妤《かんしょうよ》を殺害した毒は、自分と女官が唇に塗って持ちこんだし、紅霞宮に盛った毒は大蒜《にんにく》に仕込んで持ちこませたし……こざかしい？　いえ、姑息《こそく》というべきだわ」

砒素《ひそ》の中には大蒜と同じ臭いがするものがあって、茹昭儀はそれに色々混ぜて加工したものを、大蒜の小房の中身と入れ替えたのだという。

なおこの情報、他ならぬ本人の遺書に書いてあった。

なんでも関氏が、仙娥の女官の身元を引き受ける代わりに、教えることを約束したのだということらしい。

なかなか大胆なことをなさる……と真桂は思っている。

なお遺書の末尾の、「こんな手口もあるので、今後の防犯にお役立てください」……という記述を読んだ徐尚宮は、「よけいなお世話よ！」と絶叫したらしい。気持ちはわかる。

しかし今後妃嬪《ひひん》が宮に入る際の身体検査では、化粧もすべて禁止することになったので、ちゃんと役立ててはいるようだ。

事実を知った今、過去を振りかえってみてもそれらしい兆しとかがまったくわからなくて、本人の証言がなければ、発覚しなかったかもしれない。

だから証言自体はありがたいのだが、なんだか腑《ふ》に落ちない。

もし仙娥本人にそんな文句をつけたら、「むしろなぜそんなものを意味ありげに残さなくてはいけないのですか？　わたくしにとってなんの意味もないではないですか」などと答えそうで、うわ腹が立つと真桂は眉間《みけん》に皺《しわ》をよせた。

なにより本人に尋問というか、質疑応答できないと、わからない部分も聞けない。そもそもなんで唇に毒を塗って持ちこんだのとか、韓婕妤を殺したのはなんでなんだとか、そういうところ。

――予想はできるけど、ね。

答えを得る機会があったはずなのに、それを失ったのはとにかく悔しい。あの女、単に書き忘れたのか、意図的に書かなかったのか……これが物語だったら、雅媛大先生に目潰《めつぶ》しされるところだ。されてしまえばいいんだ。

「それにしても、いい噂《うわさ》には訳があるものなのね」

関氏が冷宮で摑《つか》んだ情報は、当初疑わしいにもほどがあると真桂は思った。

しかし調べさせると、昔茹王領に住んでいた者たちからは、「確かに当時そんな噂があったな……」という証言は意外に出てきた。

当時下世話な話で沸いた者たちが、仙娥の名のもとで行われる慈善やなんやらの恩恵を受ければ受けるほど申しわけなさ半分でよい噂を流し、しかもそれが事実であるものだから、やがて後者によって前者が上書きされていく。茹王家の一家の仲がいいのもそれに拍車を掛けたわけである。

現地にずっと住んでいる者ほど「そうだっけ……？」という様子で、むしろ当時だけ住んでいた人間のほうがこの件については、ずっと頼りになった。

「裏というより……いえ、今回の件は勉強になりました。わたくしもまだまだ甘いですわね……」

王太妃から助言をもらっていたらこうはならなかったのだろうか、と真桂は思う。彼女が体調を崩していることはすでに聞いているので、今回は仕方がないと思いはする。しかし自分に見えていないところがあるということに、気づきもしなかったのは改善すべきだと真桂は自分に言いきかせる。

なにより屈辱的だ。

「また妃嬪が来るにしても、今回みたいなのはもうごめんだわ」

そう言ってため息をつく紅燕に、「当分こちらには来ないのでは？」と真桂は答える。

「こちら？　他にどちらがあるっていうの？」

「そろそろ太子の後宮を構える必要がありますもの」

「ああ、そうね……そういえば弟もそろそろ結婚を考える時期だわ」

弟のことを語るとき、紅燕は急に大人びた顔をする。

「どちらの後宮でも、問題が起きなければいいですね」

真桂が言うと、紅燕は「やめてよ」と嫌そうに言う。

「あなたが言うと、本当になりそうだわ」

「わたくしが言わなくても、本当になると思いますよ」

後宮はそういう場所だ。内実に多少変化があったとしても、本質が変わることは決してない。

今も、昔も、これからも。

※

「そういえば文林」

ゆりかごでぐずる嬰児《みどりご》をあやしながら、小玉は文林に語る。

「なんだ？」

「この前先生から聞いたんだけど、あたしあのとき妊娠してなかった可能性大だったんだって」

一応報告しておこうというくらいで振った話題だった。

あのときと同じように、「そうか、残念だったな」と返されるのだと思った。

だが彼からはなにも返ってこない。赤子の顔を覗《のぞ》きこんでいた目を文林に向けると、文林はなぜか泣きそうな顔をしていた。

「どうしたの？」

「お前は……ずっとそのことを抱えていたんだな……一人で抱えていたんだな」

そして絞りだすような声で一言告げた。

「すまなかった……」

文林の言葉を聞いた瞬間、小玉は身を強《こわ》ばらせた。

文林のその謝罪に対して、言いようは色々とあったはずだ。けれどもそれはなにひとつ、小玉の口から出なかった。

代わりに、小玉の両眼から涙がどっと溢《あふ》れ出た。

あとがき

お久しぶりです、雪村です。おかげさまで元気にしております。

この『紅霞後宮《こうかこうきゅう》物語 第十二幕』ですが、第五幕以降目指していたものがようやく書けて、肩の荷が少し降りた気がします。

今回も栗美《くりみ》あい先生の『紅霞後宮物語〜小玉《しょうぎょく》伝〜 十巻』と、ほぼ同時発売です。この十巻から私は「原作」ではなく、「原案」という立場になりました。十巻のカバーで栗美先生が述べた「完全無欠に活躍する小玉たち」の物語、もしくは私の書く欠点だらけの人間たちの完璧ではない物語……お好きなほうを、もしくは両方を楽しんでいただければ幸いです。

ここにいたってようやく、本編がカクヨムで連載している零幕と交差してきました。次はその零幕でお会いしましょう。

二〇二〇年十月二十日

雪村花菜

お便りはこちらまで

〒一〇二—八一七七
富士見L文庫編集部　気付
雪村花菜（様）宛
桐矢 隆（様）宛

富士見L文庫

紅《こう》霞《か》後宮《こうきゅう》物語《ものがたり》　第《だい》十《じゅう》二《に》幕《まく》

雪《ゆき》村《むら》花《か》菜《な》

2020年12月15日　初版発行
2024年9月20日　再版発行

発行者　山下直久
発　行　株式会社 KADOKAWA
〒102-8177　東京都千代田区富士見2-13-3
電話　0570-002-301（ナビダイヤル）

印刷所　株式会社 KADOKAWA
製本所　株式会社 KADOKAWA
装丁者　西村弘美

定価はカバーに表示してあります。　◆◇◇

●お問い合わせ
https://www.kadokawa.co.jp/（「お問い合わせ」へお進みください）
※内容によっては、お答えできない場合があります。
※サポートは日本国内のみとさせていただきます。
※ Japanese text only

ISBN 978-4-04-073914-4 C0193